經商社匯 10

Fortune Quotient

財富智商

改變想法　你也可以是富翁

朴鍾夏 著

contents

3. 挑戰和勇氣、選擇和集中精力

4. 思考創造富人

前言

面對懸崖峭壁的召喚

在懸崖不停的呼喚下，

一步步前進。

我響應峭壁的召喚，

走得更近，更近。

直到走得不能再近，

我站在峭壁的盡頭。

被猛力推了下去，

我直奔向無底的深淵。

下落中，我突然體會到我也可以飛翔。

我展開了飛翔的翅膀……

——羅伯特·舒勒（Robert Schuller）

每當面臨抉擇、面臨挑戰的時候，我總會想起羅伯特·舒勒博士的這首詩，它總能使膽怯、軟弱的我充滿自信和勇氣。

我對創造性的研究很有興趣，我之所以開始對富人進行研究，就是因爲富人的智慧與創造性存在著驚人的相似之處。要想成爲富人就必須要投資，必須要迎接挑戰。要想成爲富人不能總追隨在別人身後，應該比其他人事先到達預定地點。要想成爲富人就不能與其他人朝著相同的方向前進，而應率先到達沒有人去過的地方，之後讓其他人追隨你來到這片新天地。我認爲富人的這一特點，與少數具有創造性的人們所具備的特徵尤其相似。

事實上，對於並不是富人的我來說，探討關於富人的智慧，對我本身就是一個挑戰，需要極大的勇氣。然而，有些人他們想成爲富人，但他們不汲取富人的智慧，而是辱罵富人都是可恥的騙子，他們說：「我的老爸沒錢，我不可能成爲富人的。」看到他們，我決定開始對富人進行觀察研究，希望能對他們有一些幫助。我從以下三個方面對富人進行了研究：

1. 要想成爲富人必須站在少數人那一邊。
2. 富人是瞬間致富的。
3. 投資是成爲富人的唯一途徑。

我選取了一些富人爲研究對象，以他們致富的事實爲依據進行考察，並將其中典型的事實提煉成幾個方面，最後又對其進行了整理和歸納。由於我本人並不是富人，所以此書中不包含我個人的經驗教訓，它所蘊含的智慧都是以事實爲依據進行考察研究之後，選取其中某些方面所提煉而成的。

只單純地學習某些富人的經驗其實是一件很危險的事，因爲這就像盲人摸象一樣，盲目地判斷出大象是和蛇一樣細長的動物，這樣很容易陷入武斷的泥淖中。所以，我們在學習成功人士的經驗教訓時，應該首先將他們當時的環境和處境與我們現在的環境和處境進行比較，之後再努力探尋屬於我們自己的經驗教訓。

在研究富人的智慧當中探尋屬於自己的經驗教訓！只盲目地、毫無根據地辱罵富人，或抱怨自己沒有有錢的父親，對自己沒有任何幫助。上帝通常也不會賜予那些購買彩券祈求中獎的人們。不要好高騖遠，不要半途而廢，應該努力汲取富人的智慧。

即使我們不想追求金錢，我們也有自己的夙願和夢想，我們也有自己的目標和方向，我將這些實現了自己的夙願、夢想和目標的人稱爲富人。人與人之間有或多或少的差異，然而每個人都想成爲有錢人，所以我將實現了自己夢想的人稱爲富人，這大概是當今世界上最直接的隱喻。

每個人都期望自己的夙願、夢想和目標能夠實現，這並不一定是對金錢的追求，我們所追求和珍視的是夢想。希望這本書能爲你提供面臨挑戰時的智慧，希望你能感悟到自己也可以飛翔！

希望每個人都成爲擁有財富的人。

朴鍾夏

2003年7月

關於富人的三種觀念

一、富人通常只是少數

二、富人是瞬間致富的

三、投資是成為富人的唯一方法

每個人都想成為富人

故事

對富人的看法

有一位年輕的新聞記者採訪美國著名的小說家馬克．吐溫，「您對富人有什麼看法？」馬克．吐溫不假思索地大聲回答：「我對百萬富翁厭惡至極！你們可以儘管把我的話刊登在報紙上。」記者將他的話記錄了下來。

無緣無故提高了嗓門的馬克．吐溫將香菸放在嘴邊深深地吸了一口，這時他又似乎略帶尷尬地悄悄地對記者說：「然而，如果誰能讓我成爲有錢人的話，那……」

我們每個人都想成爲富人，正如上面所提到的馬克．吐溫一樣，雖然我們並不喜歡富人，但是成爲有錢人的願望卻是我們每個人內心最眞實的想法。事實上，我們對富人並不太喜歡的原因是我們羨慕、嫉妒富人擁有而我們自己卻沒有的東西。坦白說，我們所有的人都想成爲富人。

那麼，怎樣做才能成爲富人呢？首先我將介紹我所觀察到的關於富人的三種觀念。

一、富人通常只是少數

如今擁有10億金融資產的人就被看成是富人。金融資產10億就意味著每年可以獲得5000萬的利息（若以存款利率6%計算），所以，這些不用勞動，伸伸手每年就有5000萬收入的人當然就是富人了。

三星金融研究所推算出，目前韓國國內擁有10億金融資產的富有家庭將近14萬戶，另外有潛力可以被列入這一行列的家庭也大概有6萬戶。也就是說，目前大概有20萬個家庭已經躋身於富有階層了。如果平均每個家庭由四名成員組成，那麼大概有80萬人都是「富人」，都在過著「富人」的生活。這大概占韓國實際總人口4000萬的2%。

你認爲擁有多少財產才能被稱爲富人呢？你對富人如何定義呢？

自己對富人進行定義

對於所有的事物我通常都會有自己的定義，如果對於某個事物我未能給出正確的定義，那說明我對它還不甚了解。

即使是在接受別人的定義時，也應該自己先做判斷，然後再接受。如果你對富人感興趣，那麼你應該自己對富人做定義。當然你不能一開始就草率地給出自己的定義，你應該盡量多收集些關於富人的資料，經過細緻縝密的思考之後再下定義。

只有當你對富人做出了自己所特有的定義時，你才眞正地、深入地了解富人。

我對富人的定義

我個人認爲，那些買彩券中獎的人不是富人，那些繼承了父母巨額財產的人也不是富人。爲什麼呢？因爲從這些人身上我學不到任何有用的東西。我也想成爲富人，所以我想從那些已經成爲富人的身上學到一些智慧，然而，從買彩券中獎的人和繼承巨額財產的人那裡，我學不到任何經驗和教訓。**對於我來說，眞正的富人是那些實現了自己的奮鬥目標的人**。我認爲那些有自己的夢想，並爲了實現夢想而發揮聰明才智的人，才是眞正的富人。

從這點來看，只有實現了自己夢寐以求的目標的人才是富人。我認爲富人不僅是「財富的累積者」，它還包括那些在其他目標領域內，憑藉自己的聰明才智，發揮專長，最終實現了夢想的人。因爲這些人是能夠引導我成爲眞正富人的賢明嚮導。

想成為富人的理由

成爲「富人」並不是我們的最終目標，這一點尤其重要，我們應該時刻銘記。許多人想成爲富人，是因爲他們認爲經濟上的寬裕能夠維持自己的幸福。因而，對於那些把「累積財富」作爲目標的人，他們各自所追求的經濟寬裕程度必然不同。有些人希望自己擁有100億，有些人，希望10億，還有些人只能夢想著擁有1億。然而，我認爲每個人應該根據自己的情況，合理地制定出自己所追求的金錢目標，通過實現目標來維持幸福的人才是明智的人。

我個人認為，那些買彩券中獎的人不是富人，那些繼承了父母巨額財產的人也不是富人，只有實現了自己夢寐以求的目標的人才是富人。

那些嫉妒富人的人，常常毫無根據地說金錢最終會帶來不幸。實際上金錢並不會帶來某些特殊的不幸，金錢所帶來的不幸。在其他任何地方也是常常會發生的。然而，在獲取金錢的過程中，人們常常會陷入種種不幸的境況當中。有些人獵取金錢的欲望幾近瘋狂；有些人則認爲爲了錢，可以欺騙、誹謗和欺詐他人。這些人正如人們所說的那樣，「只有遭到了世界上所有人的指責才能成爲富人。」實際上，並不是只有通過這樣的方法才能成爲富人。一旦有人誘導你使用這種卑劣的方法成爲富人，你就應該以瀟灑的姿態將其丟進垃圾筒內。應該銘記的事實是，我們想要成爲富人的原因是我們想得到幸福，如果實現了成爲富人的夢想卻失去了幸福，這將是極其愚蠢的行爲。

另外還有一些人會說：「我雖然貧窮，但是我的內心是富有的。」他們超脫了貧困，只懂得享受一定程度的貧困生活，這些夢想成爲富人卻只能過著貧困生活的人，是絕對不可能享受幸福的。我推崇的是那種經濟上和心理上都富有的生活。對於我們來說，我們難道沒有實現自己夢想的權利和義務嗎？

你同意我的這一看法嗎？我將自己對於富人的一些基本理解進行了整理歸納，希望這些經驗教訓能成爲你的一面鏡子。

世界上銷量最好的《富爸爸，窮爸爸》一書的作者羅伯特・清崎對富人的定義是這樣的，「每個月自己的資產所帶來的收入超出了支出的人才是富人」。他是通過資產和負債的概念來強調現金的流通。他對富人的定義是要善於理財，從自己的資產中獲得盡可能多的現金。羅伯特・清崎對於富人的定義指出，價值100億的一棟每月有租金收入的高樓與同樣價值的鄉下田地相比，前者的實際價值更高。

> **如果你接受了富人不是單純錢多的人，而是和其他人相比有更多錢的人這事實，那麼你就已經從這裡學到了集大成的智慧。**

所謂「富人」就是比其他人更有錢的人

我們再來談談對富人的一般理解吧。富人就是有錢人。然而再仔細考慮一下，富人不是指有錢的人，而是指比其他人有更多錢的人。也就是說，**富人不是依據某一絕對的標準來劃分的，而是與其他人相比，擁有相對更多金錢的人。**

50～100年前，人們的生活極端貧困，每天能吃上三頓米飯是人們唯一的夢想和追求。當時衡量富人的標準就是是否每天都有三頓米飯吃。那麼如今又如何呢？如今幾乎所有人每天都能吃上三頓米飯。用當時人們的眼光來看，我們簡直是生活在他們夢寐以求的理想烏托邦之中。如果用過去人們的標準來衡量我們現在的生活，那麼我們所有的人都是在享受著極其富裕的生活。然而，如今我們卻不能把每天能吃上三頓米飯的人稱爲富人，如果這樣來想的話，所謂的富人就成了一個絕對的概念了。

我曾經聽到有些人這樣說：「大韓民國所有的人都是富人就好了！」你也認爲大韓民國所有的人都能成爲有錢人嗎？我認爲這是絕對不可能的事。爲什麼呢？因爲富人是一個相對的概念。

想成為富人必須站在少數人那一邊

如果你接受了富人不是單純錢多的人，而是和其他人相比有更多錢的人這事實，那麼你就已經從這裡學到了集大成的智慧。即，由於只有少數人能夠實現成爲富人的夢想，所以如果想成爲富人就必須要站在少數人那一邊。換言之，如果想致富，你就不能因循守舊，固守大衆化的思想和行爲，而應該有少數人擁有的那種富創造性的思想和行爲。如果別人怎樣想，你也怎樣想；別人怎樣做，你也怎樣做的話，那你只能享受平凡的生活罷了。站在多數人那一邊的你絕對不可能成爲富人，想成爲富人就只有與

如果想致富，你就不能因循守舊，固守大眾化的思想和行為，而應該有少數人擁有的那種富創造性的思想和行為。

少數人並肩前進。只有那些與一般人有著不同思想和行爲的人才，能成爲富人。

當然，我們也可以想像得到，與少數人爲伍是需要某些獨特的能力的。然而，我們在發揮自己的能力之前，首先要做的仍然是選擇站在少數人的一邊。那麼既然每個人都想成爲富人，爲什麼他們卻不選擇與少數人爲伍呢？因爲富人是少數，窮人也是少數；錢多的人是少數，極端貧困的人也是少數。將財產最多的人到財產最少的人的分布情況用圖表來表示的話，我們可以看出，雖然兩者存在著一定的差異，但總體還是呈現出如下的規律性分布（圖一）。

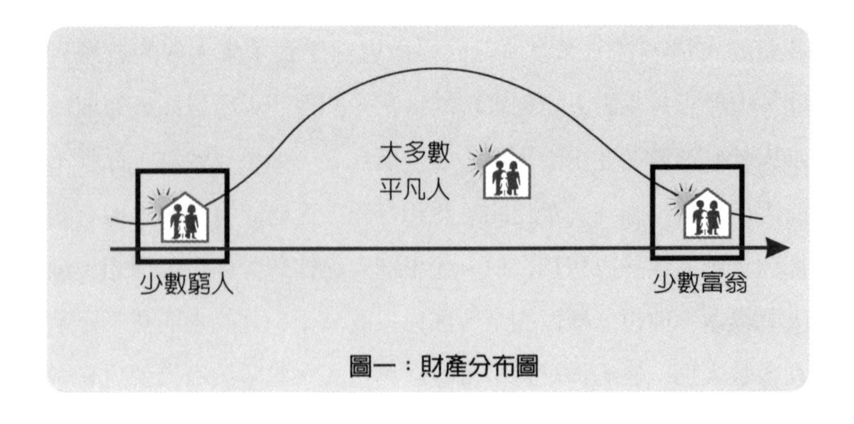

圖一：財產分布圖

然而這是顯示結果的一張圖表。前面我們已經提到，站在少數人那一邊是選擇問題優於能力問題。如果將選擇的瞬間畫成圖表的話，我們就會發現少數和多數的「叉路口」。與圖一相比，你應該將圖二更加銘記於心，這是最明智的想法。

圖二：少數與多數的分叉路

選擇站在少數人那一邊是很難的。因爲這選擇極其危險，稍微不愼就會陷入處於富者對面的極端貧困者的一邊。不是有這樣一句話嗎？「默默地走進中間地帶。」然而正是由於選取了這種消極的、機會主義的姿態，大多數人都沒能站在少數人那一邊，而只是茫然地仿效多數人的思想和行爲。

從「想成爲富人就必須站在少數人那一邊」的這個經驗教訓當

中，我們應該認識到以下幾個問題。

＊只想擺脫對貧困的恐懼感的人是不能成為富人的

有些人之所以想成爲富人，是因爲他們對貧困恐懼到了極點。但是，擺脫貧困和成爲富人在本質上是完全不同的。有些富人由甚至會於稍微不愼而變得窮困潦倒。不是有很多人在事業飛黃騰達之時，突然一夜之間變得一無所有嗎？成爲富人就只能意味著與少數人爲伍。少數人的道路與多數人的道路是截然不同的。

如果想要通過穩妥的途徑擺脫貧困，那麼你完全可以站在多數人那一邊，你不必學習那些賺大錢的人，只學習其他人穩妥的賺錢方式就可以了。大多數人怎樣想你就怎樣想，大多數人怎樣做你就怎樣做，這樣就足夠了。然而，與多數人走一樣道路的人是不能成爲富人的，至少在你轉換思想，重新選擇少數人的道路之前是不可能的。每個月僅靠工資過著安逸生活的人，之所以不能成爲富人的原因就在於此。

要成爲百萬富翁和只想過安逸生活是兩條完全不同的道路，因此，二者不能兼得。同樣地，這不是發揮自己才能的問題，而是選擇的問題。有些人選擇將錢存入銀行，而有些人則選擇將錢投資於股票或房地產。選擇將錢穩妥地存入銀行的人，必須要從多種存款方式中選擇一種利息最高的；相

要成為百萬富翁和只想過安逸生活是兩條完全不同的道路，二者不能兼得。

反，那些投資股票的人則寧願冒著風險，也要努力獲取更高的投資收益。做出選擇之後才是發揮自己才能的時候。

還有一點我們應該時刻銘記，就是站在少數人那一邊並不是對每個人都適用的。我們之所以想成爲富人是因爲我們想擁有幸福，當然，不是只有與少數人爲伍才能得到幸福。對自己的現狀非常滿足，不喜歡冒險，在安逸的環境中能體會到更多幸福的人是沒有必要與少數人爲伍，並成爲富人的。換句話說，能否成爲富人與個人的能力高低並不成正比，上文中的規律性分布圖表正體現了這一結果。要想成爲富人就必須站在少數人那一邊，所以，不管怎樣，你必須首先選擇一條少數人的道路，至於能力的發揮是以後的事情。無論選擇少數人的道路，還是選擇多數人的道路，只要你選擇的是屬於自己的幸福旅程即可。

＊為了成功是應該發揮自己的優勢，還是彌補自己的劣勢呢？

你認爲應該發揮優勢，還是應該彌補劣勢呢？常常有人問我關於發揮優勢與彌補劣勢的問題。這個問題和選擇問題有著密不可分的聯繫。

假設你要參加某公司的面試，參加面試的共有一百人，而會被錄用的只有一人，你如何才能在這一百人當中獨露鋒芒，脫穎而出呢？你只有展示出自己與衆不同的、獨特的思維和行爲，才能給主考官留下最深的印象。所以，此時你必須要具備一般人所不具備的、有自我特色的「強勢」。通過自身的優勢，你完全可以創造出「強勢」。你不必費盡心思彌補自己的弱點，當然，如果在彌補弱勢的同時，你的優勢也得到了發揮，這當然是錦上添花了。但是，如果彌補弱勢要花費很多時間和精力的話，你就應該將這些時間和精力集中到發揮你的優勢上來。

與此相反，如果這次面試100人中只有10人會被淘汰，90人都將被錄取，那你又該怎樣做呢？這次與上次不同，你不能獨露鋒芒，在這種情況下，表現得平凡一些才是上策。只要沒有什麼大的失誤，你就一定能被錄取。此時，我們不由得想起了「默默地走進中間地帶」這句話。在這種情形下，你絕不能表現得與眾不同，獨具特色，而應該彌補自己的弱點；你不必充分發揮自己的優勢，只要不讓自己的弱點暴露出來就已經足夠了。

不要為了彌補缺點而浪費時間，你應該集中精力發揮你優於別人的長處，這樣你才能躋身於引領時代潮流的行列當中。

上面所設想的這兩種情況有什麼不同呢？100人中只錄取1人時，你應該站在少數人那一邊；與之相反，100人中只有10人會被淘汰時，你應該站在多數人那一邊。站在少數人那一邊和站在多數人那一邊，你的思想和行爲是截然不同的。

現在讓我們返回到最初的問題。是應該發揮優勢，還是應該彌補劣勢？這問題完全取決於你是與少數人爲伍還是與多數人爲伍。你選擇的不同，對這問題的回答也就不同。總之，想要成爲富人你就必須站在少數人那一邊，將時間和精力用於強化你的優勢。只要你的劣勢不會對你造成致命的損失，你就不用太在意它。不要爲了彌補缺點而浪費時間，你應該集中精力發揮你優於別人的長處，這樣你才能躋身於引領時代潮流的、少數人的行列當中。

＊不要追隨別人，要讓別人追隨你

眾所周知，我們不能被金錢所驅使，而應該掌握賺錢的方法。即是說，我們不要做金錢的奴隸，而應該讓金錢做我們的奴隸。

有些領域總是衆星雲集，如果你想成爲富人，那麼你必須站在這一領域的最前沿。怎樣做才能站在衆星雲集領域的最前沿呢？只要你比其他人更早地到達這一領域即可。

讓我們來看看金融市場吧！房地產的價格常常會突然攀升，股票的價格也常常會連日創新高。大多數人都是在人們熱炒房地產時投資，但實際上，當人們都對房地產感興趣時，房地產的價格已經達到了上限。記住！與多數人朝著同一個方向前進是不可能成爲富人的。我們不是說了「富人只是少數」嗎？只孤注一擲地追隨多數人的步伐是沒有任何意義的。我們應該銘記這個事實，就是人們都熱中於談論股票的時候，股票的價格已經開始從最高點回落了。

衆所周知，要想成爲富人就必須能夠預測到衆星雲集的領域在哪裡，並先於他人到達。如果你想成爲有錢人就這樣做吧！然而，人們通常只朝著多數人走過的、平坦的大路前進，爲什麼呢？因爲人們害怕一個人朝著未知的方向前進。我首先到達了一個無人涉足的地方，如果其他的人也蜂擁而至，那麼我就成了站在最前沿的人。但是，如果沒有其他人來到這裡，那麼我就成了這塊荒涼土地的孤獨守候者。

不要仿效普通人的思想和行為，要想與少數人為伍，我們需要的是一種自我思考、自我決定、自我行動的積極主動的生活態度。

孤獨守候者就意味著失敗，而最終可能會墮入少數貧困者的深淵。因此，由於害怕一個人在荒涼的土地上獨自徘徊，許多人都選擇走別人走過的路。

要想成爲富人，你就必須提前預測出多數人將要前往的地方，必須在主動引導別人前行的同時自己首先到達那裡。你必須全力以赴地奔跑，另外，努力也是不可或缺的。想成爲少數的富人，除了需要全力以赴地奔跑之外，還需要提前預測出其他人將要去的地方，更需要向著無人涉足的地方前行的勇氣和力量。想成爲富人必須要具有誠懇的努力、聰明的智慧和果敢的魄力等等諸多條件。

站在少數人那一邊的經驗教訓

我們接著談談站在少數人那一邊，成爲富人所需要的條件。

不要仿效普通人的思想和行爲，要想與少數人爲伍，我們需要的是一種自我思考、自我決定、自我行動的積極主動的生活態度。我們常常會遇到雖然是我們自己的事情，但我們卻不能自己做出決定的情況。雖然我們可以看著別人的眼色來行動，以做出更加明智的選擇，但這樣我們是絕對不可能站在少數人那一邊的。只有那些自我思考、自我決定、自我行動的人才能與少數人爲伍。

想法與別人不同並不意味著行動也與別人不同。直到做出決定的那一刻，我們都需要有堅信自己的判斷並果斷行動的勇氣。站在少數人那一邊的確是件可怕的事，它意味著冒險和挑戰。沒有挑戰是不能進入少數成功者的圈子中的，而挑戰首先需要的是自信和勇氣。

通過冒險和挑戰，你可以實現自己的夢想。然而，一旦失敗了，卻要付出沉重的代價。與少數人爲伍，如果順利的話，你將會取得巨大成功，但是如果失敗了，你也將遭受同樣嚴重的損失。因此，你必須要以自己最強的優勢來一賭輸贏，才可達到最高的成功率。選擇你最擅長的方面，全力以赴！只有以你的優勢爲基礎，才能提高自身的價值，才能加入到具有創造性的少數人的隊伍當中。

想要成為少數的成功者，必須在吸取他人經驗的同時，探尋適合自己的創新方法。

要想成爲少數的成功者必須要自我學習，不能只停留於學習他人的經驗，而應該深入地思考適合自己的方法。如果只是採納普通的方法，那麼你只能與多數人為伍，只懂得運用普通方法的人是不能站在少數人那一邊的。所以說，只想學習某一個富人的經驗這種想法是很危險的，而且某一個富人致富的方法並不能保證在何時何地都普遍適用。要想使某一個人的方法也能適用於其他人，就必須要將其放入到更普遍的情況和環境當中去，否則就會像只摸到大象鼻子的盲人那樣，認為大象是像蛇一樣細長的動物，從而必然會陷入盲目的錯誤之中。如果想要成為少數的成功者，必須在吸取他人經驗的同時，探尋適合自己的創新方法。

一個人自身的價值並不是客觀存在的，你需要主動地思考自己的問題，需要有面臨挑戰、取得成功的勇氣。挑戰的價值是靠你自己創造的。

故事

小石頭的價值

老師將一塊小石頭交給學生說：

「你把它拿到市場上去賣，但不要把它賣出去。」

學生按照老師的話帶著小石頭來到了市場。他在市場的一角，將小石頭放在一塊乾淨的白色包袱上面，許多從他身邊經過的人都取笑他。一位老人看年輕人一整天都守著小石頭，心存憐憫上前問道：

「這小石頭怎麼賣？」

年輕人沒有回答，老人又說：

「我35元買了你的石頭，你吃了晚飯就趕快回家吧！」

然而年輕人卻說他不賣。這時老人又說：

「那70呢？」

年輕人仍然不說話。人們看到這一情形都圍了上來，年輕人依然保持沉默，聚集的人群則爲了買小石頭而開始爭相出價：

「300，400，500，700，2000，3000！……」

小石頭的價格從最初的35元持續上漲。人們似乎都認爲小石頭價值連城，爭相要將它買下來。結果最初的那位老人無可奈何地喊道：

「我出7000！」張著大嘴爭搶的人們最終都放棄了。

「我不能賣這塊小石頭，我只是想知道它的市場行情。」

學生回去後老師對他說：

「你明白了嗎？價格是由人來決定的，價值的標準是多麼地主觀呀……」

二、富人是瞬間致富的

問題：富人都是瞬間致富的。這種說法正確嗎？

對於這問題你的看法是怎樣的？你認爲富人眞的是一夜之間成爲百萬富翁的，還是要經過長期的聚斂錢財才能致富呢？人們對於這問題的看法各不相同，有人回答「yes」，有人回答「no」。

＊回答「yes」的人

這些人認爲，實現成爲富人的夢想是一瞬間的事。所以，他們把富人想像成爲暴發戶，認爲富人都是一夜之間致富的。結果他們開始追求一些虛幻的夢想，只片面地向著一個方向尋求致富的道路。這些人總是愛聽那些三個月就賺了10億的股票投資者，以及不花一分錢就在六個月內賺了10億的房地產經營者的創富歷程。他們幻想著這樣的神話也能在自己身上發生，因而虎視眈眈地瞅準了這條道路。然而，他們在股票和房地產的投資不僅一分錢也沒有賺到，連自己原來辛辛苦苦積存的那些錢也都賠了進去。出於想要抓住最後一根救命稻草的想法，他們開始購買彩券。他們認爲買彩券是成爲富人的唯一方法，他們每天都夢到金銀財寶，但最終卻一步步走向貧困。

富人是不會買彩券的，只有窮人才會。

夢想著一攫千金或夢想著買彩券致富的人都是窮人，富人是不會買彩券的，只有窮人才會這樣做。一攫千金的幻想是通往貧困的「捷徑」，這個問題我們以後再詳談，它和富人總是瞬間致富是同樣的道理，但富人絕對不是靠天上掉下來的錢財而致富的。

＊回答「no」的人

許多人認爲，成爲富人的夢想是不可能一夜之間實現的。然而，他們的問題在於過分固執，不懂得變通，所以總是一味地強調單純的努力，而根本不去探尋成功的智慧。成功當然是人們努力的結果，但是，並非所有努力的人都能成功，只靠努力是不能得到等值的回報的。

那麼成爲富人到底需要什麼呢？它是上帝給予你的恩賜嗎？是幸運女神賜予你的禮物嗎？我也希望上帝能夠賜予我幸運，但可惜我得不到。成功需要的不是單純的、盲目的努力，而是有針對性的、明智的努力。只有盲目的努力是不能成爲富人的，致富最需要的是建立在聰明才智基礎之上的明智的努力。

富人財產增長的曲線圖

現在讓我們來回答「富人是不是瞬間致富的？」這一問題。答案是「富人是瞬間致富的」。然而，意思不是錢財會從天上掉下來，而是通過自己的不斷努力創造了致富機會的瞬間。首先讓我們來看看世界首富比爾・蓋茨（Bill Gates）的財產增長曲線圖

（圖三）。

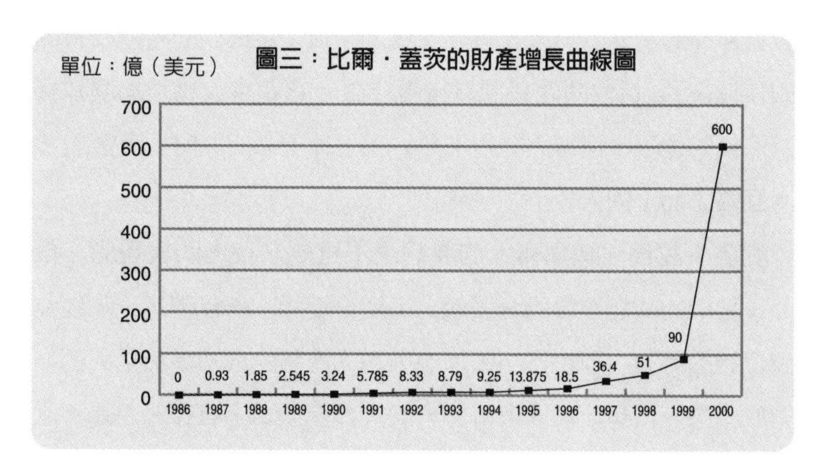

我們似乎都更習慣於直線型的圖表，特別是對於那些白手起家、擁有巨額資產的人，我們往往會認爲他們的財產增長一定是直線型的（圖四）。

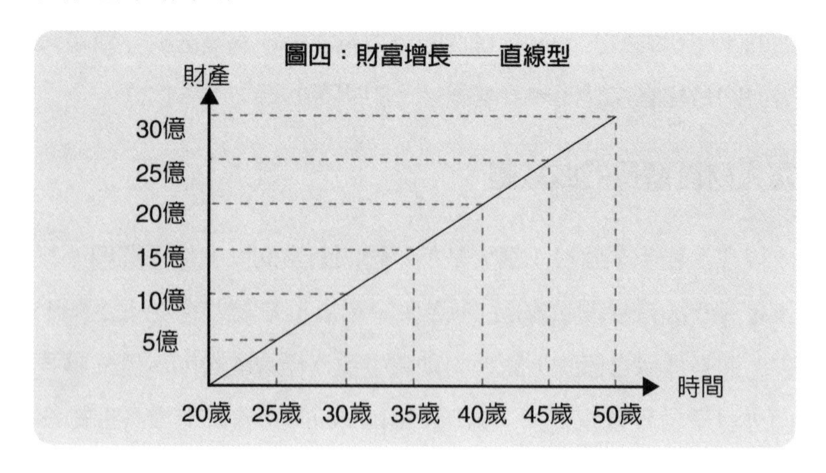

有一個人從20歲開始白手起家，到50歲財產已經達到了30億。如果我們想像他的財產增長是直線型的，那麼他的財富積累過程是，25歲時財產5億，30歲時財產10億，35歲時15億，40歲時20億，45歲時25億，50歲時30億。事實上，這是一種不實際的推測。從20歲白手起家，到50歲成爲30億富翁的財富積累過程，大概可以用下面的曲線來表示（圖五）。

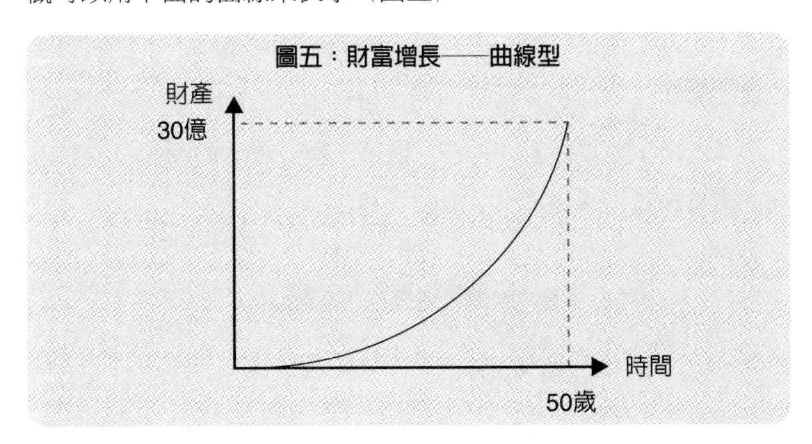

一般富人的財產積累曲線圖都與上文中比爾·蓋茨的財產增長曲線圖相同或類似。所以，我們可以得出結論，富人的財富積累圖表是呈曲線而不是直線。

這幅曲線圖不僅反映了富人財富積累的過程，同時也反映了成功人士的成長歷程。再進一步分析，它也是整個社會發展進程的寫照。所以我們應該認識到，富人財富的積累過程、成功人士的成長歷程以及整個社會的發展進程都不是直線向前的，而是呈曲線形迂迴前行的。為了令這幅曲線圖更易理解，我們有必要了解一下「引爆點」（tipping point）這一概念。

引爆點

我們先看看這個故事。有一個白人村落，這個村落的居民100%都是白人。然而，突然有一天，黑人開始陸續遷入這個村落，一個，二個，三個……終於有一天這個村落變成了一個完全的黑人村落。在從白人村落向黑人村落轉變的過程中，如果將黑人增長的情況畫成圖表，那麼它將是一幅什麼樣的圖呢？一般人通常都會認為它將是一幅直線圖（圖六）。

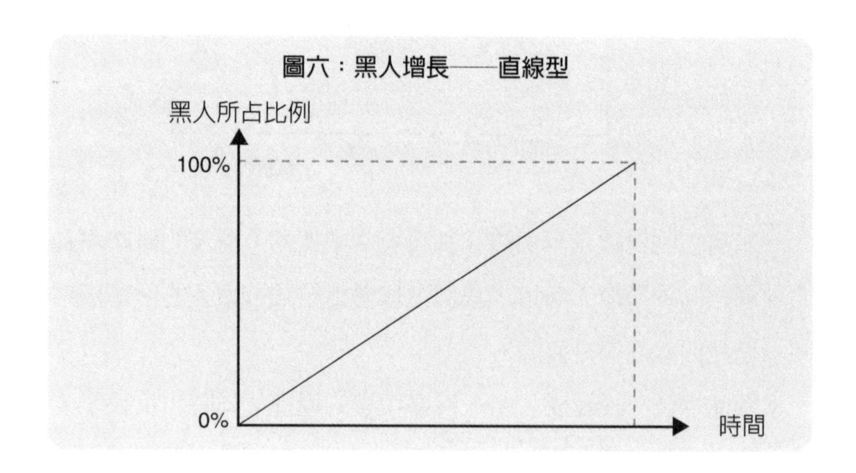

但是，社會科學家經過考察所繪製出的實際圖表卻是如下的一幅曲線圖（圖七）。

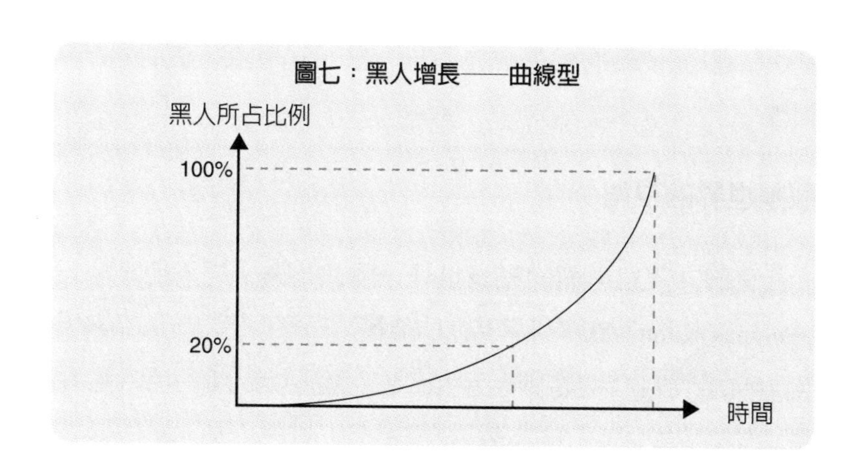

所謂的「引爆」（tipping）意思就是「打破某種平衡」，這一詞經常被用來解釋1970年居住在美國東北部城市的白人逃往郊區的現象。當時的社會科學家發現，某個地區的黑人比例一旦達到了20%，那麼這裡的白人就會在一夜之間全部逃離，原本是白人生活的村落在一瞬間就變成了黑人村落。村落中黑人居民的數量就如同上面的圖表一樣，起初只是一點一點地增長，突然到了某個瞬間開始暴增。對於這種長時間保持的平衡突然被打破，並出現不可抑制的突變情況，這一瞬間稱爲「引爆點」。

2000年韓國出版了馬克・格拉維爾（Malcolm Gladwell）的著作《引爆趨勢》（*The Tipping Point*），書中提到美國暇步士（Hush Puppies）生產的休閒膠底鞋在創下100萬雙最高銷售額之前，一直也是緩慢地、一點一點地增長的，即是說，它的銷售額也是突然之間越過引爆點開始暴增的。這一變化過程也與上面的曲線圖相符。

觀察世界的視角

社會的文明與人類的發展也是一幅曲線圖。托馬斯・庫恩（Thomas Kuhn）在《科學革命的結構》一書中指出，人類科學及文明的發展並不是直線漸進，而是呈曲線形發展的，當中往往需要有某些革命性的轉折點。「日心說」對於「地心說」、萬有引力對於遠隔作用力、進化論對於創造論、量子力學及相對論對於牛頓（Newton）力學都是具有劃時代意義的革命性理論。在這種革命性的理論被驗證爲眞理的時候，科學也向前邁進了一大步。庫恩還指出，推翻一個時代的典範的同時，也加速了下一個時代的轉變及發展。

讓我們拋棄直線圖的模式，用曲線圖的模式來觀察這個世界吧！我們可以發現，曲線圖比直線圖更符合事實。曲線增長圖與堪稱商業領域重大發現的「20/80法則」和「齊普夫法則」（Zip's Law）有著一脈相承的關系。

20/80法則和齊普夫法則

讓我們來思考一下這個問題：如果學生宿舍裡的100名學生一周喝了100瓶啤酒，那麼你得到的結論是什麼呢？如果用直線思維來考慮，我們可以說這一周內，每個學生喝了一瓶啤酒。然而，這卻是一個不現實的想法。更現實、更符合實際情況的想法應該是：20名學生喝了80瓶啤酒，其餘的80名學生喝了20瓶啤酒。這就是符合20/80法則的思維方式。將喝了很少的啤酒或沒有喝啤酒的學生，與喝了很多啤酒的學生所喝的瓶數，按順序排列畫成圖表的話，結果如下（圖八）。

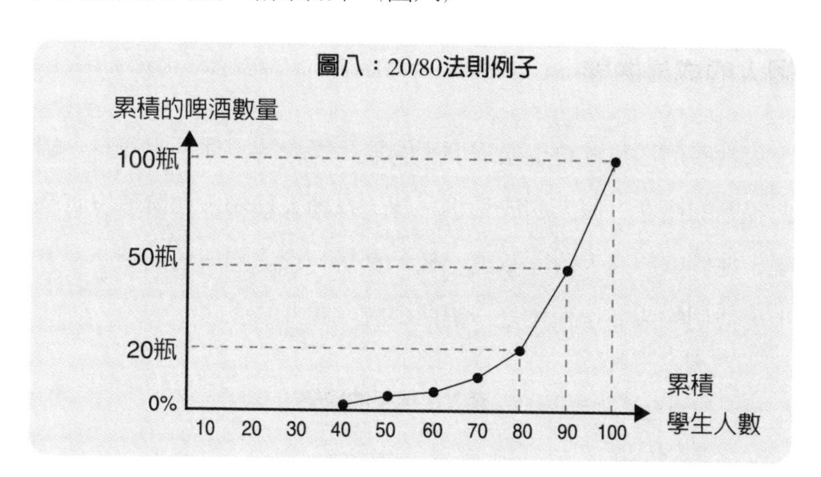

所謂「20/80法則」是指，是20%的原因可以創造出80%的結果。即是說，百貨商店80%的銷售額是由20%的老主顧所創造的；學校考試題目的80%是從所有考試範圍的20%之中抽出的；20%的高收入族群的財產占整個社會財產的80%。由此可見，原因與結果、投入與產出、努力與成果之間總是存在著不均衡的現象。這種不均衡的關係用數字來表示就是「20/80法則」。

這法則與美國語言學家齊普夫所提出的「齊普夫法則」有一脈相承的關系。齊普夫對現代版的《聖經》和《白鯨記》中所有詞彙的出現頻率進行了統計，他記錄下每個詞被使用的次數。統計結果顯示，經常被使用的詞只是極少數，大部分詞語出現的頻率都是很低的。由此可見「英語速成五十句！」、「一千英語單詞走天下！」等學習英語的方法之所以非常流行的原因就在於此。

個人的成長曲線

每當我們提及社會現象或個人的成長歷程時，你一定要有一幅曲線圖的概念。個人的成長也一樣，以藝人爲例，你難道沒有發現，他們就像富人瞬間致富一樣，都是一夜之間成名的嗎？事實上，他們的成名過程也是一幅曲線圖（圖九）。

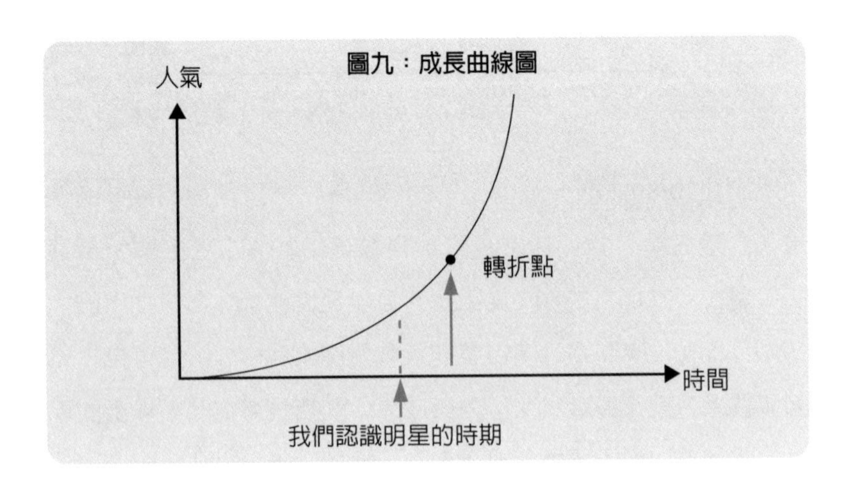

我們經常會發現，某個不過在電視上出現過一兩次的不知名的喜劇演員或歌手，突然有一天就躋身於娛樂界名流之中了，我們常把他們看成是一夕成名的人，然而，他們大部分都是克服了種種困難才從無名小卒成爲明星人物的。從另一方面來看，他們從小學一年級開始就極具號召力，具有幽默感，他們每天都在老師背後做鬼臉，給同學們帶來了許多樂趣；到了初中、高中他們仍然極具親和力，總能爲同學們創造種種愉快的氛圍；之後，他們成了喜劇明星，常常在電視中爲大家帶來樂趣。這樣來看，他們絕不是一夜之間就成爲明星的。我們難道不應該把他們看成是爲了成就自己的事業而終身努力奮鬥的人嗎？

個人的成長和事物的發展都是以曲線的方式進行的。起初事物發展得很緩慢，如果某一瞬間它被賦予了彈力，那麼它將會以極快的速度飛躍。所有事物都存在著蓄勢待發的一瞬間，這也就是我們所謂的引爆點。

具有引爆點的曲線圖並不只適用於某個集團的變化或某些暢銷書的銷售量（如《哈利波特》），它同樣適用於富人財富增長的過程。

富人是在某一瞬間通過努力而大量累積財富的。當然，這不同於一攫千金，不是某一天財富就突然從天上掉下，它是經過長時間的準備和努力的結果。

如果我們將個人的成長理解爲曲線圖，那麼我們可以從中汲取到以下這些智慧。

＊不要被現實所挫敗

成績好的學生與成績差的學生在同一時間內所學到的知識量有很大差異。我們發現，成績不好的學生10個小時所學到的東西，還比不上成績好的學生2小時所學的多。人們常常將其原因歸咎於成績差的學生不如成績好的學生聰明，因此，很多人都認爲，成績不好的學生無論怎樣努力都不可能趕得上成績好的學生。可是，如果我們眞正理解成長的曲線圖，我們便能理解爲什麼成績不好的學生花上再多的時間也不可能趕上成績好的學生。讓我們來看看下面的圖表吧！（圖十）

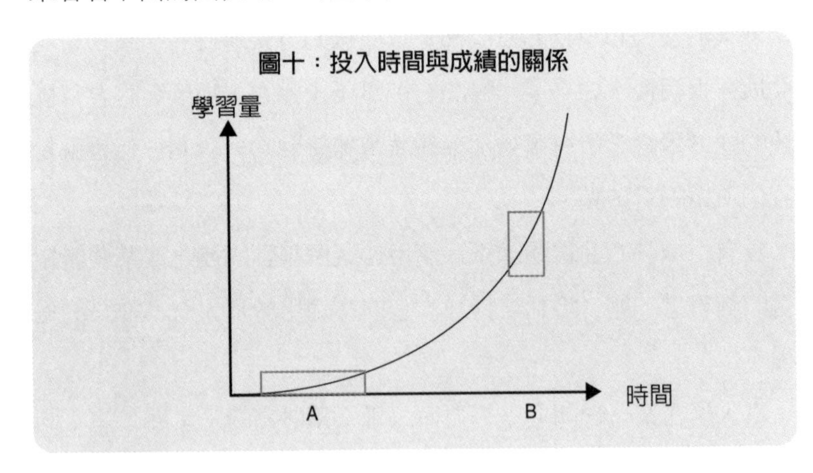

無論是學習還是做事，在A時期內，即使投入再多的時間，也只能取得很小的成效。與之相反，在B時期內，投入很少的時

間，就可以獲得很大的收益（橫座標表示投入的時間，縱座標表示獲取的收益）。成績不好的學生或非熟練工人處於A區域，在這期間，投入雖然多，收效卻甚微，但是在B區域內卻能在短時間內取得明顯的成績。所以，熟練工人兩小時的工作績效比非熟練工人10小時的工作績效都要顯著。

＊要有遠大的理想

許多成功人士總是不約而同地高呼：「要有遠大理想！」然而，現實中如果理想過於遠大，你就只能遠遠眺望著自己所不能到達的遠方了。夢想是不是一定要很遠大呢？與其追求達不到的目標，是不是應該將目標放近一些，滿足於現實呢？你是否這樣認爲呢？讓我們再分析以下的成功曲線圖吧！（圖十一）

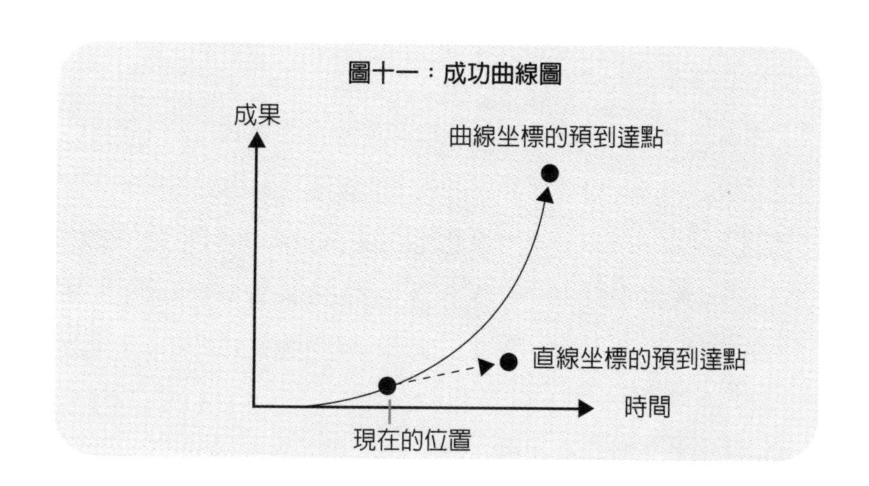

許多人通過不斷努力，到達了現在的位置，如果此時你用直線圖的思維來預測你將到達的目的地，那麼你很可能會像圖表中所顯示的那樣，未能取得豐碩成果。所以，你不能做直線型的預測，不要被現實所挫敗。通往成功的道路是曲折的。如果你從現在的位置開始，沿著一條通往成功的正確道路前行，那麼你到達的目的地將不會是你用直線思維，而是用曲線思維預測到的終點。如果你真正理解了成功的曲線圖，那麼現在你就不要猶豫、不要沮喪，向著引爆點一步步前進！

＊鎖定一個目標全力以赴

有些人在成功的路上經常會改變方向，這些人往往都是非常聰明的。他們在向著成功前行的路上常常會感到這裡沒有自己的夢想，於是調轉方向尋找另一條出路。這做法的確聰明，與其無可奈何地向著沒有希望的目標前進，不如以自己的睿智去判斷、尋找更多新機會。然而，在現如今瞬息萬變的社會，不去改變自己而輕易放棄的人，應該好好思考成功曲線圖。

聰明人常說，「只要全力以赴地挖掘一口井，總能取得一定的成功」，「只要有耐力，堅持不懈，就一定能夠結實纍纍」。然而，越是聰明人便越容易急躁，他們經常預測未來，因而常常改變自己的目標。正如圖十一所示，在當

有些人在成功的路上經常會改變方向，這些人往往都是非常聰明的。

前位置用直線思維預測自己目的地的人，大都匆忙放棄而另尋他路。在快要到達引爆點之前的一霎，他們用直線型的眼光看到了前方的目的地，於是就此放棄，並且在另一條道路上做新的挑戰，結果一次又一次地在快要到達引爆點之前的那一刻放棄。

拋棄急躁，回首沿著成功曲線圖走過的歷程！我們應該學習那些並不左顧右盼，鎖定一個目標全力以赴的聰明人的智慧。只有在選擇和執著的基礎上我們才能越過引爆點，越過了引爆點，你會發現那裡有你意想不到的勝利果實。

故事 4

孫正義的蘋果箱子

日本軟體銀行總裁孫正義最初創業時，他與三名員工在一間很小的倉庫裡舉行開業典禮，孫正義面對僅有的三名員工開始發表正式演說，個頭矮小的他站在一個蘋果箱子上，就像面對著300名聽眾似地，開始激昂地宣講他的美好設想。

孫正義被譽爲是「挑戰當今世界首富比爾·蓋茨的網路鉅子」，人們給予他的評價是「美麗的賭博」。孫正義在2000年世界首富排行榜中位居第8位，然而2002年他的資產開始下滑，只排到了第386位。現在是孫正義創業以來最艱難的時期，但是，白手起家的他現在仍然在爲自己的夢想而挑戰自我。由於他至今爲止還保有著自己的品牌，所以人們把他的挑戰稱作「美麗的賭博」。

夢想、目標、策略、實踐計畫

如果你已理解了成功曲線圖，那麼現在就開始構築自己的夢想吧！有了美好的夢想，才能樹立具體的目標。之後，爲了實現目標，便要制定成功的策略和實踐計畫，於是，一個個夢想便成爲現實。這樣，你最終將可得到自己想要的東西。爲了這一切，你需要從以下幾方面努力。

＊構築美好的夢想

所謂的「夢想」就是指你的願望。不要向現實妥協，不要被現實挫敗，要大膽地構築美好的夢想。在曲線圖上，越過了引爆點就是快速的飛躍，即使是被認爲不可能的事情，只要越過了引爆點就不難實現。在你心靈的土壤上撒下夢想的種子吧！你的夢想不一定是金錢，但只要是自己的願望，就一定能實現。

＊樹立具體的目標

有些人告誡說，理想不要太遠大，希望越大，失望越大，不要盯著那些你根本爬不上去的大樹。然而，這問題之所以出現，是因爲有些人沒有正確認識到夢想與目標的差異。

如果說夢想是一個模糊的希望，那麼目標是需要設定具體日程表的。只有去除了那些模糊的表現和抽象的概念，使用具體的語言和數字樹立的目標才是有效的。類似於「三個月減肥10公斤！」這樣具體的決心要比「我要減肥了！」更加有效，更能達成目標。

＊制定策略

樹立了目標之後，就要爲實現目標制定策略了。所謂的「策略」意思就是集大成的智慧。我們需要的是有針對性的、明智的努力，而不是單純的、盲目的努力。思考一下你做事時是否制定了策略，如果沒有策略，那麼你在做事的過程中似乎就缺乏聰明才智。去探尋智慧的源泉吧！智慧是付出同樣的努力而得到更多回報的唯一源泉。要想成爲富人就要汲取富人的智慧！

＊制定具體的實踐計畫

再成功的策略如果不付諸實踐，又能發揮多大的作用呢？要將富人的智慧運用到自己的實際行動中，才是學習富人智慧的眞諦。頭腦聰明的人往往會缺乏實踐能力，而親自實踐比聰明才智更有價值，只有在行動過程中發揮了聰明才智，才是眞正學到了富人的經驗。親自去實踐，定期檢測其結果！

三、投資是成爲富人的唯一方法

世界上有兩種方法可以實現成爲富人的夢想。

第一種，出身於豪門。

第二種，與富人結婚。

然而，第二種方法已經行不通了。爲什麼呢？因爲如今都是富人與富人結婚。

亨利・福特（Henry Ford）所著的《成功指南》一書中向我們介紹了下面三種能夠成爲富人的方法：

第一，繼承財產：

第二，與富人結婚；

第三，如果上述兩種方法都不可能，那麼就要少花錢，用收入與支出的差額去投資。

要想成為富人，創造財富比掙錢更重要

你贊成支配錢比掙錢更重要這一說法嗎？觀察一下你周圍的有錢的人，他們是因爲父親很會賺錢而成爲富人，還是因爲他們的母親頻繁地改嫁才成爲富人的呢？

當然，基本上只有掙的錢多才能成爲有錢人。但是，只靠攢錢是絕對不可能成爲富人的。我們以人們通常所認定的富人標準來

計算一下（不包括所居住的房子，人們一般將擁有3千萬財產的人稱爲富人）。

現在韓國中產階層的家庭每月人均收入大概在8萬4元左右，假設平均收入達到這水平的某人，每月扣除支出後可以餘3萬元，那麼十年後，他就可以積攢下360萬。如果再加上存款利息，並且扣除物價上漲因素，那麼十年後他的存款就會大大超出360萬（現在的價値）了。如果你每月有6萬元的存款，那麼十年後你的財產就是上面數字的兩倍，如果你每月能夠有9萬的存款，那麼就是上面數字的三倍了。但若你現在已經買了房子，那麼你能積攢下3千萬元嗎？

沒有投資就沒有富人，醫生、律師等專業人士也完全可以稱為富人，但是他們投資的不是錢，而是自我。

依靠這種方法攢錢，是不可能成爲富人的。

沒有投資就沒有富人

觀察一下我們周圍的富人。一提到「富人」，首先浮現在我們腦海中的大都是一些投資於房地產或股票而賺了大錢的人，或是一些擁有自己企業的成功經營者。即是說，沒有投資就沒有富人。當然也有憑藉高額的年薪成爲富人的高收入專業經理人和醫生、律師等專業人士，也完全可以稱爲富人，但是他們投資的不是錢，而是自我。

律至於師，收入也並不都相同。收入很高的律師，都在他們的學業上投入了與其收入成正比的艱辛。在韓國法律商會中排名第一的「金&張法律事務所」內，很多律師都冠有「漢城大學法學院入學成績第一或畢業成績第一」、「司法考試狀元」、「司法研究院畢業成績第一」等光榮的桂冠，聽說如果是「第二名」，連名片都羞於掏出。這些如此勤奮學習的律師在進入「金&張法律公司」五年後，無一例外的都要去哈佛、耶魯、哥倫比亞等著名的外國大學留學，或在國際性的法律商會進修。爲了要成爲得到整個社會認可的、優秀的人才，你必須要不斷投資以提高自身的價値。

現在很多年輕人都拚命學習，參加各種資格考試，他們現在用青春來投資不就是爲了將來能生活得更優越嗎？據說美國最上層的那1%的富人，都是將自己平均收入的25%用於儲蓄，其餘則用於投資。

我們也應該像這些富人一樣投資，成爲富人的唯一方法就是投資。

可惡懶惰的奴僕

大部分人總是牢騷滿腹，「我哪裡有投資的錢呀？」他們總是感慨：「錢是生錢的資本，這是眞理。我沒有錢，所以我也不可能賺到錢。」於是，他們總抱怨自己的父親不能給他們生錢的資本（金錢），從而一步步遠離成為富人的夢想。事實上，「錢是生錢的資本」這看法是完全錯誤的。

《聖經》中有一則關於從主人那裡得到了一塊錢、兩塊錢和五塊錢的三個奴僕的故事。我們從中可以看到，不是一定要有五塊錢才能使自己的資產倍增的，得到了兩塊錢的奴僕不是也一樣使自己的資產翻了一倍嗎？不去投資，將一塊錢埋在地裡的奴僕不是被主人責備為「可惡懶惰的傢伙」嗎？

在我們抱怨自己沒有有錢的父親之前，難道不應該首先讓我們的子女有一個有錢的父親嗎？

假設給一個認為「錢是生錢資本」的人1億元，他能夠使這1億元翻倍嗎？有營商經驗的人都知道，用本錢做基礎是很難賺到大錢的。雖然堅信「錢是生錢資本」的大多數人都想著將錢存入銀行或投資於股票，但是考慮到物價上漲，憑藉銀行的利息是不可能賺到錢的。股票投資也是一樣的道理。想要藉由股票投資賺錢，就必須要有洞察股市和整個經濟情況的能力，必須要能判斷現時處於低谷的股票是什麼，將來它升值的可能性有多大。只有具備了這種分析力和能夠適時買入、賣出的決斷力，你才能賺到錢。

「錢是生錢的資本」、「我現在沒有錢，根本不可能賺到錢」，都只是懦弱的表現。這些想法不僅錯誤，對你的人生也不會有任何幫助。在我們抱怨自己沒有有錢的父親之前，我們難道不應該首先讓我們的子女有一個有錢的父親嗎？

我們很容易將有錢人想像成是得益於他們的父母，我們常說，「只要有了有錢的老爸就能過上富人的生活」。然而，對美國最上層那1%的富人進行的調查結果顯示，藉由繼承上輩的遺產而成爲有錢人的只占10%，90%的人都是靠自己賺錢成爲富人的。

我們也像他們一樣，通過投資致富吧！

投資的時機

讓我們再看看富人財產增長的圖表！（圖十二）

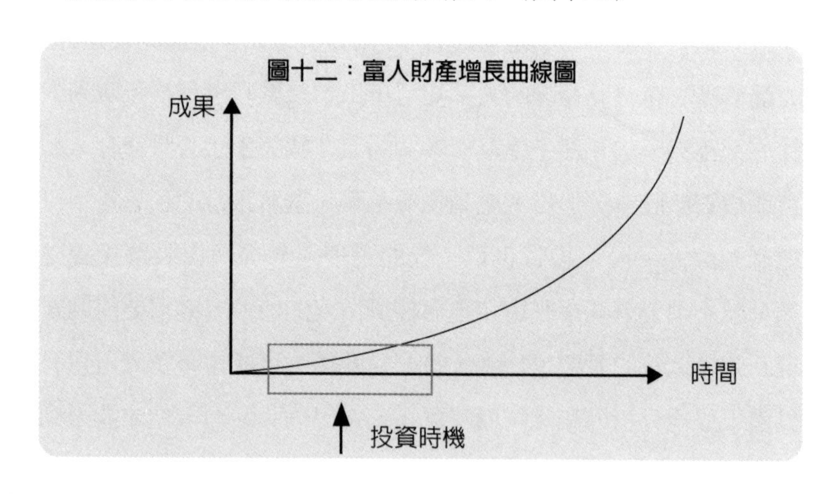

圖十二：富人財產增長曲線圖

富人財產增長圖或成功曲線圖告訴我們，在到達引爆點之前的一段長時間內，收益與我

忍耐到最後就是投資的時機。沒有投資的時機，根本不可能到達引爆點。

們的目標總是相差甚遠，這時我們必須要忍耐。忍耐到最後就是投資的時機。沒有投資的時機，根本不可能到達引爆點。

故事 

比爾・蓋茨的投資

讓我們來看看世界首富比爾・蓋茨的情況。在比爾・蓋茨的財產增長圖中，到達引爆點的時間是他的Windows操作系統問世的時候。Windows操作系統使用了圖形用戶界面形式，為人們提供了更為方便的工作環境。道格拉斯（Douglas）則因為是Windows操作系統最初的組件、網路會議、文字信息以及鼠標的發明者而聞名於世。

最先在操作系統中使用用戶界面的並不是微軟公司，1984年蘋果公司便已在自己品牌的電腦上使用了圖形用戶界面。實際上，我們可以說，Windows是借用了蘋果公司的創意，開發了自己的產品。

1983年11月，微軟公司開始開發Windows操作系統。我們現在所使用的微軟Windows仍然保留著它1985年剛剛問世時的某些痕跡。Windows直到1990年才真正地在全球被廣泛使用。1992年Windows3.1問世，它修正了Windows3.0中的許多程式錯誤，從而確立了它作爲新一代操作系統的主導地位。

此時，微軟又開始將目光投向企業的網路操作系統，不久，新的電腦操作系統Windows NT問世了。繼Windows3.0之後，微軟又先後開發研製了Windows3.1、95、98、2000、XP等。雖然在Windows95推出後，人們仍在指責微軟的操作系統不夠穩定，但是微軟通過不斷的修正錯誤和升級後，目前全球絕大部分的電腦都是採用該操作系統。

在比爾·蓋茨的財產增長過程中，1996年前後呈現完全不同的趨勢。1996年他的總資產爲18億5千萬美元，1997年爲36億4千萬美元，1998年爲51億美元，1999年爲90億美元，2000年則高達600億美元。隨著Windows95市場地位的確立，微軟的銷售額大幅增長，股票價格也不斷攀升。

由於借用了蘋果電腦的操作系統，比爾·蓋茨不斷遭到非議，然而不可諱言，他爲了研製出更加方便的操作系統，投入了大量的時間和金錢。

故事

BoA的投資

2003年6月，一位在韓國和日本人氣指數都很高的17歲少女被邀請出席韓日首腦會談的晚宴。這個女孩就是歌手BoA。1998年，12歲的BoA被娛樂企畫公司選中，爲了能夠進軍國際市場，她做了三年的準備，2000年發行了首張個人專輯，並榮獲該年的新人歌手獎。第二年，她開始進軍日本，並於2002年3月榮登流行音樂排行榜的榜首。隨後，她又憑藉第二張專輯返回韓國歌壇，由於成績顯著，年底又摘取了歌手大獎的桂冠。2003年她在日本發行第二張專輯，當天就創下了100萬張的銷售量。

經濟學家估計BoA的潛在經濟價值高達70億，附加價值可絕對不低。她在日本發行的兩張專輯總銷售量爲260萬張，單單計算專輯的銷售額就高達5億，如果再加上平均每30萬張專輯就可以賣出8張單曲唱片的銷售額，那麼唱片總銷售額就是7億了。2000年一年，她的版權收入已超過3千萬，假若再加上廣告、電視的演出費以及KTV使用她的歌曲時支付的版權費用等，眞的是無愧於「一人經營的企業」之評價。

BoA之所以能夠取得如此輝煌的成績，不僅得益於她自身的能力和努力，企畫公司的精心培育和大力投資也是功不可沒。BoA通過面試後隨即放棄了自己的學業，被送往東京的藝人培訓學校「武田眞治」接受系統式的演唱、表演及舞蹈培訓。據說在日本學習期間，她與NHK的播音員同住一室，學到了標準的日本發音。

表面來看，BoA似乎在是在一夜之間成爲明星的，但實際上她是經過了三年的外語學習嚴格的舞蹈及演唱培訓，如果沒有這些準備，她也不可能成爲韓日兩國人氣指數最高的明星。

首先進行自我投資

觀察一下富人的財產增長曲線圖，你會發現，要想成爲富人就必須把握好投資的時機。我們不要只爲錢而投資，要爲自己投資。我們應該爲自身的發展投入更多！這是使自己成爲有錢人的唯一方法。對於那些對股票和房地產一無所知的、沒有任何經驗的人來說，有了一點點錢就盲目地選擇購買股票或房地產是完全錯誤的。這無異於幻想著一攫千金的賭博，而且這樣做往往會導致一無所有。

上文中提過，要想成爲富人就要站在少數人那一邊，而所謂的投資就是將我們領入少數人那一邊。但是我們要時刻銘記，成爲少數人並不一定都能成爲富人。讓我們再來看看「少數與多數的分界線」。

一旦進入到少數人那一邊，你就會面臨一個是要成爲少數的富人還是少數的窮人的分界線。如果通過投資賺到了很多錢，那麼你就成了富人；如果稍一疏忽，你可能就會一夜之間變得一無所有。所以，「投資」又可以被稱爲「挑

在為錢投資之前，我們先要自我投資，並應通過自我投資來創造自身的價值。

戰」。挑戰需要充分的準備，我們不要急躁、盲目地去賭博，應該做好準備迎接挑戰。在準備賺大錢之前，我們應該先爲自己投資。

投資——創造自我價值的過程

在爲錢投資之前，我們先要自我投資，並通過自我投資來創造自身的價值。

如果我們將賺到了錢或得到了自己想要的東西視爲收益的話，便應該通過自身的價值來獲取收益。沒有投資所獲取的收益與通過投資開發了自身價值後所獲取的收益的圖表比較如下（圖十三）：

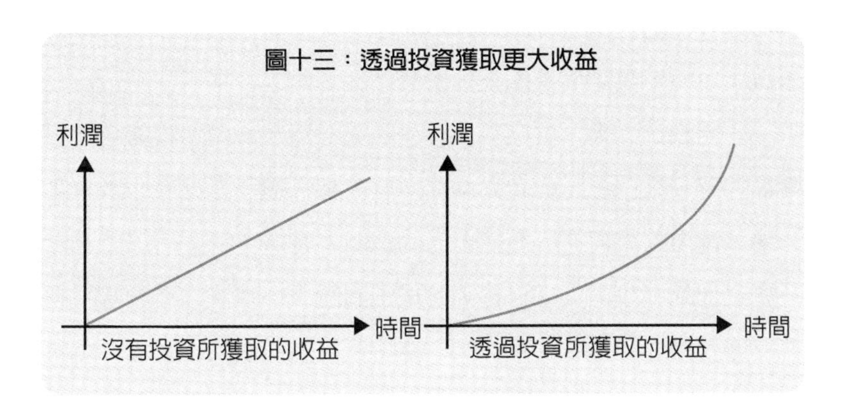

這兩幅圖表顯示，直線圖的增長速度是一定的，曲線圖則隨著時間的增長，收益增長的速度逐漸加快。直線圖初期看起來獲取

的收益更大，但隨著時間的增長，在越過引爆點後，曲線圖所獲取的收益開始暴漲。

直線圖與曲線圖的差異也可以理解爲與多數人爲伍和與少數人爲伍的差異。一般來說，在多數人那一邊的人，其財產是呈現直線增長的，而在少數人那一邊的人，其財產則是呈現曲線增長的。當然在少數人當中，只有越過了引爆點，你才能獲取更多的收益；否則你也只能和呈直線增長的人獲取同樣多的收益，甚至可能會遭受更爲慘重的損失。

你的選擇

我並不認爲曲線圖比直線圖更理想、更有希望。這問題我們前面已經分析過多次了，因爲選擇問題也是至關重要的。只有成爲多數人才能感受到幸福的人，應該站在多數人一邊，只有成爲少數人才能滿足的人，就應該站在少數人一邊。我們要根據自己對幸福的感覺來選擇，究竟是站在多數人那一邊還是站在少數人那一邊，選擇之後再充分發揮自己的聰明才智。

如果你站在少數人那一邊而想成爲有錢人，那麼你就要尋找自己財產暴漲的時機。如果你的財產增長沒有引爆點，那麼你就不可能成爲富人。再想一想直線圖和曲線圖吧！只有曲線圖才有可能出現暴漲現象。

在曲線圖中，越過引爆點之前的那一刻，就是投資的時機。需要再次強調的是，在你爲錢而投資之前，應該首先爲自己投資。在這一時期內，你應該汲取富人的智慧，不斷地創造自我價值。直到你的自身價值能夠成爲你成功基礎的時候，你就可以獲取巨大的收益了。首先學習富人的智慧，然後通過不斷的投資創造自我價值！

夢想、目標
以及成功的策略

我們每個人都有自己的願望。你的願望的最直接、最自由的表現就是你的「夢想」。

天馬行空，誰說沒可能？

故事

夢想的實現

1900年，美國的天文學家、數學家西蒙·紐科姆（Simon Newcomb）教授出版了一本他用數學方法證明了「人類憑藉發動機是不可能飛翔」的書。西蒙·紐科姆是約翰·霍普金斯大學的教授，他畢業於哈佛大學，曾獲英國天文學會頒授金質獎章，是一位極具影響力的科學家。

然而，就在這本書剛剛問世之際，經營自行車店鋪的萊特（Wright）兄弟就成功地飛上了天空。雖然萊特兄弟的飛行只有42秒，距離不過35公尺，但是他們卻用事實證明了飛上天的夢想不是不可能的。理論上證明不可能的事，在現實中是有可能實現的。

我們常聽到這樣的話，「要有美好的夢想！」「你的夢想有多麼遠大，你的成果就有多麼豐碩！」所以，想要成爲有錢人的年輕人常常眺望著高樓大廈構築自己的夢想，「將來有一天我也要住在這裡，我也要擁有這樣的高樓大廈！」然而，當回到現實之中，夢想與現實之間的巨大差距立刻使他們失望了。如果你現時所在的位置距離你的夢想過於遙遠，那麼你可能根本不會前進。如果說希望越大，失望越大的話，不要盯著那些你根本爬不上去的大樹似乎是很明智的。然而，這樣你的夢想就會慢慢破滅，你最終會放棄自己的夢想而用這些話來安慰自己，「只有老爸有錢才能成爲富人，富人是上天恩賜的。」

但是，哪裡有你的夢想，你就要向哪裡前進，不要輕易放棄。如果萊特兄弟只滿足於生產在陸地上行走的自行車，那麼人類可能就要更遲才能實現飛翔的夢想了。夢想是創造未來的珍貴源泉。

當你的夢想使你畏懼時，你的腦海中應該浮現出成功曲線圖。不要朝著夢想直線前行，雖然夢想離你很遙遠，但是如果你準備充足，選擇正確的道路，那麼也許你會突然發現夢想就在眼前。在你越過引爆點時，你已經開始迅速成長了。

實現目標的必要條件是策略。在你確定方向之後，你需要考慮該怎樣到達那裡，這就是策略。

要構築美好的夢想，然後再樹立實現夢想的具體目標。如果說「夢想」是一幅遠眺的、模糊的畫卷，那麼「目標」則具備了清晰的、具體的輪廓。舉例來說，如果讓你騎自行車從漢城到釜山，你會說：「我可從來沒有想過從漢城騎自行車到釜山，這要何年何月才能到呀？」然而，如果眞要騎自行車從漢城到釜山，你應該先制定一個階段性的目標，「今天到水原，明天到天安，後天到……」這就是夢想與目標的差異，你應該具有區分夢想與目標的能力。

實現目標的必要條件是策略。在你確定了前進的方向後，你需要考慮該怎樣到達那裡，這就是策略。要想成功，就要制定自己的成功指南。當然，你也要從成功者身上多學習經驗教訓。但是，要記住，成功篇章是要靠自己親自來譜寫的。

夢想是重要的，構築美好的夢想，樹立階段性的目標，之後，制定實現具體目標的策略。用聰明的方法一步步接近目標，實現目標，這樣你的夢想就會實現了。如今我們所享受的現代文明，大都是昔日人們美好夢想的產物。

你的價值是多少呢？

故事8

鐵片的價值

如果你將一塊單純的鐵片賣給舊貨店，那麼你可以賺到5美元。

如果你將鐵片製成馬蹄鐵，那麼你可以賺到10美元。

如果你將它磨成針，那麼你就可以賺到350美元。

如果你將它製成鋒利的刮鬍刀，那麼你就可以賺到3000美元。

如果你將它製成高級手錶的發條，那麼你就可以賺到25萬美元。

所謂的「夢想」就是為自己制定一張價格標籤，這張價格標籤不是現在的，而是將來的。「我的價值是多少？」的價格標籤就是你的夢想價值。

正如故事8中所講述的那樣，同一塊鐵片你可以賺到5美元，也可以賺到25萬美元。這意味著你的價值可以是5美元，也可以是25萬美元，而決定你自身價值的是你自己。所謂的「夢想」就是給你的一塊廢鐵貼上25萬元還是100萬元的價格標籤。

我確信願望和夢想是能實現的。你怎麼想？你相信願望和夢想通常都能成爲現實嗎？

讓我們換個話題，看看一位男士的煩惱吧！他愛上了一位聰明漂亮的女孩，他非常想娶這位女孩爲妻。然而，他卻沒有勇氣向她表白。

他現在還沒有合適的工作，正在四處尋找之中。他覺得自己個子不高，有點胖，而且也長得不夠帥，也不是什麼名牌大學的畢業生。他總是感慨，「像我這樣連工作都沒有的人，怎麼能娶到既漂亮又聰明的女孩呢？」你想對這位男士說些什麼呢？如果這個女孩嫁給了別人，他或許只能眼睜睜地看著這一切，無奈地嘆息了，「夢想永遠只能是夢想而已！」

你想給這位男士什麼樣的忠告呢？很多人可能都會對他說：「要有自信，不要把那個女孩看得遙不可及。首先向她表白你的眞心，然後努力改變自己成爲她所心儀的男士。」我認爲，大多數人的現實與夢想之間的關係就像這位男士與他所愛的女孩之間的關係一樣。對他的忠告也是對你的忠告。你需要自信，不要把夢想看成遙不可及，你需要爲實現夢想做好階段性的準備，並且逐步付諸實行。

不要把夢想看成遙不可及，你需要為實現夢想做好準備，並且逐步付諸實行。

夢想就是你所希望實現的願望，有了美好的夢想你才能取得豐碩的成果。但是，只有遠大的理想並不能保證你的願望都能一一實現。爲了實現夢想，你還要樹立階段性的目標，並且一步步地實現每一個階段性的目標。

盧武鉉剛剛當韓國選總統的時候，電視曾經報導過這個故事：當別人都在爲了參加考試而躲在家裡學習的時候，作爲一名考生的盧武鉉居然泰然自若地舉行了婚禮。當時的盧武鉉並不是明星大學的學生，只是商業高等學校畢業、還未找到工作的待業人士。然而，他說他從來沒有想過自己會考試不合格。這不由得使我們想到，盧武鉉的自信來自他從小總是聽到人們稱讚他爲「英才」，而正是這種自信造就了今日的他。

不要爲了在別人面前炫耀自己而虛張聲勢，要培養自己眞正的自信心。在遊戲中確信自己一定會獲勝的人和只是想參與的人，誰會最終獲勝呢？總是畏首畏尾、連夢想都沒有的人，比起沒能實現夢想的人，不是更可悲嗎？

夢想是重要的，但自信也是不可少的，這樣你的夢想就一定能夠實現。

神符的真諦

故事

夢想的神符

切斯特・威廉・尼米茲（Chester William Nimitz）是美國著名的海軍上將，在他還是少尉的時候，有一天海軍上將來他所在的艦隊視察。在這位將軍正要參加一個重要活動的時候，突然發現自己的臂章損毀了。於是他向艦隊下達了緊急命令，尋找誰有上將的臂章。然而，艦隊上沒有上將級的軍官，所以希望似乎是渺茫的。這時，傳來消息說艦隊屬下的一艘小艦艇上有上將的臂章。這位將軍順利地出席了此次活動，事後他很想知道是誰有上將的臂章。原來，這個有上將臂章的人就是尼米茲。

「你怎會有上將臂章呢？」

「報告！上將臂章是在我獲頒少尉軍銜的時候，我女朋友送給我的禮物。」

「眞是一個大膽的女朋友！好好努力就能成爲將軍！」

後來尼米茲果眞立了很多戰功，最終實現了自己的夢想，成了一名將軍。在伊拉克戰爭中，以尼米茲命名的航空母艦展示了美國的軍威，故事9中的主人翁尼米茲成爲了家喻戶曉的海軍五星級上將。然而，尼米茲在少尉時就擁有的上將臂章，對他有什麼特別的意義呢？

尼米茲的上將臂章時刻跟隨著他，不僅在他屢立戰功的時候，也在他克服種種困難的時候。像這樣微小的一個「吉祥物」，實際上是象徵著他成功的標誌，就像算命先生寫給人們的「神符」，也具有同樣的作用。

請回答下列問題：

1. 你有自己的夢想嗎？
2. 你有沒有將你的夢想制定出具體的計畫書？
3. 在你遇到困難感到無助的時候，有沒有吉祥物或神符幫助你？

你有自己的夢想嗎？

任何人都有夢想。有些人追求長期的、宏偉的目標，有些人則追求短期的小目標。夢想可以是遠大的、宏偉的，也可以是現實的、樸素的。雖然表面上來看，夢想和目標似乎一樣，但我們應該將兩者加以區別。夢想更接近於理想，而目標更接近於現實。如果說夢想是通過希望和憧憬來表現的，那麼目標則是具體的、有實踐可能性的。通常來說，具有冒險精神的人們總是

將你的希望和憧憬變成夢想，然後再一個個地實現具體的、階段性的目標，這就是夢想成真的方法。

構築美好的夢想，而具有穩妥性格的人們則制定具體的、現實的目標。

為了實現夢想，你應該同時樹立具體的目標。將你的希望和憧憬變成夢想，然後再一個個地實現具體的、階段性的目標，這就是夢想成眞的方法。

你有沒有為你的夢想制定出具體的計畫書？

根據美國某調查機構的資料顯示，成功人士大都為自己的夢想、希望或目標制定了具體的、書面的計畫書。當然，並非指將優美的文字裝裱起來掛在牆上，而是要將你的夢想和希望變成文字，以時刻提醒自己要不懈地努力。「將夢想可視化」似乎比較幼稚，常常使人們懷疑，「這能有什麼特別的效果嗎？」然而，**將自己的夢想、憧憬和目標寫在紙上收藏，是夢想成眞的第一步，也是令夢想成眞的最有效工具**。

將夢想可視化對一些小事情也是很有效的。無論是宏偉的目標還是一個小小的希望，只要是你想實現的就將它寫在紙上，貼在牆上。考生們可以將自己嚮往的大學名字貼在書桌的一角上，在你疲倦的時候，它會給你新的動力，它會在無形中幫助你向著目標前進。那些想賺更多錢的人應該將錢的數目或實現目標的具體行動寫下來貼在書桌上。這並不是什麼尷尬的事情，眞正慚愧的應該是對自己不坦誠。

你也應該將自己的目標、希望或決心貼在牆上或書桌上。想要戒酒的人應該貼上「絕不再喝酒」。將你的願望寫得越具體，效果就會越好。想要早起卻總是做不到的人不要怪自己沒有毅力，你應該將「早上六點一定起床」的決心貼在牆上。只有這樣具體的文字，才會有無形的力量幫助你。

在你遇到困難感到無助的時候，有沒有吉祥物或神符幫助你？

取得輝煌成就的人，從一開始就樹立了遠大的理想和宏偉的目標，而且總是時刻銘記在心。那些夢想著成為影星的人或許以前只是臨時演員，可是他仍時刻提醒自己「我要成為主角」。雖然他演的只是配角，但卻像演主角那樣投入，最後他終於成了主角。

將夢想變成可視的文字，將它時刻帶在你的身邊。故事9中的尼米茲自成為海軍少尉的那一天起，就把上將臂章時刻帶在身邊。我們也應該像尼米茲一樣，把自己夢想的「神符」帶在身邊，並為自己製作神符，即使幼稚又如何呢？

這樣就能賺到錢嗎？

故事

造船的理由

全村的人正在造一艘船。村長總是不斷地向他們闡述造船的理由，時刻督促他們要努力工作。過了一段時間，村民漸漸地變得懶惰了。村長想了很多辦法督促人們工作，最終不得不使用鞭子。村民由於害怕鞭打而繼續工作，可是不久之後，村民終於忍無可忍，把村長殺害了。

村民重新選了一個新村長，但他們依然非常懶惰，不知道這艘船什麼時候才能造好。這時，新村長暫時終止了造船工作，他將全村的人帶到了海邊。村民看到大海都想去征服它，村長告訴他們，有了船就能征服大海。於是，村民又再次開始努力造船，不久，船造好了，村民終於乘著自己造的船遨遊大海。

我的一個朋友從小就喜歡籃球，後來他進了籃球隊學習。他整天想的都是籃球，成爲一名籃球運動員是他的夢想。然而，這個朋友最終卻放棄了。他說實在太累了，球隊的嚴格紀律以及巨大的壓力使他漸漸對籃球失去了興趣。與其說他是放棄了籃球，不如說他是放棄了一條艱難的道路，因為他事實上完全具有成為職業運動員的天賦。

小時候我經常在街上看到「只要行動就能成功！」的標語。韓國之所以能從戰爭的廢墟中走出，成為今天這樣富裕的國家，完全是國民時刻用「只要行動就能成功！」這個信念來鞭策自己努力進取的成果。然而，我們要記住，不要沒有目的、盲目地努力。

2002年世界杯足球賽英雄，南韓國家隊主教練居斯・希丁克（Guus Hiddink）在執教國家隊之初，首先強調的就是球員要熱愛足球。他說，「以愛國之心來踢球就一定能夠進入十六強」。回過頭來看，可以說正是這種必勝決心和飽滿的精神狀態起了決定性的作用，正是這種「只要有誓死的拚搏精神就什麼都能做得到」的信念，使球員奮力拚搏，並取得最後的勝利。我認為，不僅是足球，對於我們所有的夢想，「誓死的拚搏精神」都是至關重要的。然而，我們現在卻生活在一個不得不考慮更多「什麼事情該怎麼做」的時代。

不要只是堅守著「只要行動就能成功」的信條盲目地努力，應該首先想一想「什麼事情該怎麼做」。

我想到了MBC電視台根據韓國朝鮮時期的巨富林尙沃的眞人眞事所改編的電視劇《商道》中的一個場景。主人翁林尙沃當時是銅器雜貨店的店員，他一大清早就開始工作，即使整天沒人來光顧，他也是一直工作到深夜。一天晚上，義州首富洪景來四處視察的時候，發現了這個深夜還在整理帳目的小店員，他從心裡欣賞這位年輕人。我以爲他會稱讚林尙沃，然而意外地他卻大聲斥責：「這樣就能賺到錢了？」

洪景來的斥責就像一把匕首一樣刺痛了我的心。隨著年齡增長，我們結婚生子，爲了賺到更多的錢我們不斷努力，哪裡有錢賺我們就奔波到哪裡。林尙沃年輕的時候對金錢也並沒有太大的興趣，但是爲了照顧備受窮困折磨的母親和弟妹，他從早到晚辛苦地賺錢。我們想對他說的正是義州首富常說的那句話：

「這樣就能賺到錢了？」

我們不要只是堅守著「只要行動就能成功」的信條盲目地努力，應該首先想想「什麼事情該怎麼做」。信念固然重要，但如果只要有成爲富人的信念就能成爲有錢人的話，那還會有窮人嗎？

我們每個人都想賺錢，但兩眼盯著錢盲目地追求並不能賺到錢。讓我們來想想在運動場上踢足球的情況吧！我足球踢得不好，即使我拚命地奔跑，最終可能連球也未曾碰到，便已累得筋疲力盡。這是不會運動的人的共同特點。賺錢也是一樣，兩眼盯著錢，爲了把錢放到自己腰包裡而四處奔波的人，是賺不到錢的。

如果你想賺錢，並且已經下定決心要努力拚搏的話，你現在就應該尋找一種適合於自己的「什麼事情該怎麼做」的方法。我們應該具有「只要行動就能成功」的堅定信念，再以聰明才智爲基礎，這樣我們的努力才能有成效。堅定的信念是基礎，是否具有智慧則決定了能否成爲富人。

你不能靠別人告訴你「什麼事情該怎麼做」，而要自己去尋找適合自己的方法，當然也要汲取別人的經驗，因爲這些經驗是你的嚮導，但畢竟這些只是別人的方法，而不是自己的。換句話說，某人成功的方法是只適合於他自己的方法，未必會是適合你的方法。因爲你和他所處的環境不同，你們的優勢也不同。所以，**知識可以靠別人傳授，智慧卻是從別人那裡學不來的**。

堅定的信念是基礎，是否具有智慧則決定了能否成為富人。

《商道》中的主人翁林尙沃正是明白了「做生意不是要獲取利益，而是要獲取人心」的道理，才找到了眞正屬於自己的方法，他寧願以些微損失來換取更多人的信任和友善。盲目地拚搏並不一定能得到等値的回報，信念固然重要，更重要的卻是智慧，這是我們首先應該具備的。

維尼．格萊特斯基（Wayne Gretzky）是創造北美冰球聯盟神話的人物。有一天，記者採訪格萊特斯基，「你的冰球怎麼會打得這麼好呢？」

格萊特斯基回答：「我沒有什麼特別的技巧，我的方法就是事先到達冰球將要到達的地方。」

遊戲規則

故事

三人決鬥

假設A、B、C三個人爲了自己所愛的女人而進行決鬥。決鬥的方法是，他們三個人都拿著槍，並輪流開槍射向對手，直到最後只剩下一個倖存者，他就可以得到自己所愛的女人了。這似乎是一個非常無知的遊戲。

C的射擊技術最好，經常百發百中，命中率100%；B比C稍差一點兒，但命中率也高達80%；A就不值得一提了，他的命中率只有50%。

爲了使決鬥更加公平，先由命中率最差的人開始開槍，首先是A，接著是B，最後是C，直到最後只剩下一個人。

現在決鬥開始了。如果你是第一個開槍的A，你將瞄準誰呢？是B還是C呢？你應該先向誰開槍呢？

在決鬥的時候，似乎我們什麼也不會想。在戰鬥的時候能有什麼想法呢，只有無條件的拚殺。但這次我們還是想一想吧！A應該選擇向B還是向C開槍呢？讓我們先事先預測一下選擇的結果。

＊A向B開槍

如果A開槍射中了B，這是最壞的一種選擇。為什麼呢？因為如果B死了，下面將輪到C瞄準A開槍了。C的命中率是100%，A是必死無疑了。

＊A向C開槍

如果A開槍射中了C那將怎樣呢？下面就輪到B瞄準A開槍了，B的命中率是80%。換句話說，A的死亡機會達80%，他活下來再一次開槍的機會只有20%。即使A又有了一次開槍的機會，A射中B的機率也只有50%。這也不是很好的選擇。

從各種情況來看，命中率最低的A要想取勝的確是件不容易的事。那麼爲了得到自己所愛的女人而冒著生命危險來參加決鬥的A應該怎麼做呢？命中率最低的A應該迅速把握住整個決鬥的節奏，找到取勝的法則。當然，在遊戲中沒有能確保取勝的法則。爲什麼呢？因爲如果存在一種定能讓某些人取勝的法則，那麼這就是一場不公平的遊戲。這種遊戲還是不要進行爲好。

雖說沒有必勝的方法，但我們應該找一種取勝機會最高的方法。所謂「遊戲規則」就是能將取勝的機會提升至最高的最佳選擇。我們將它稱爲「策略」。那麼A能夠選擇的最佳策略是什麼呢？讓我們來看看如果A誰也沒有射中的情況。

＊A既沒有射中B也沒有射中C

那麼下面就輪到B了，他一定是瞄準C射擊了。爲什麼呢？因爲如果B不瞄準C開槍，而瞄準A開槍並射中了A，那麼B就要被100%命中率的C所射中了。如果B是聰明人，他就一定會瞄準C開槍。

如果B擊中了C，下面就輪到A開槍了。雖然他的命中率只有50%，但他已經占據了先開槍的有利條件。

你應該在雙方利害關係的基礎上把握住遊戲的核心，藉由預測對方的行動來制定自己的策略。

如果B沒有擊中C，下面就輪到C開槍了。對於C來說，B比A的危險性更大，所以C一定會先向B開槍。C的命中率是100%，B

必死無疑。這樣A現在又有了先向C開槍的機會。

如果你是A，故意射一發空槍將是最好的策略。人們通常將類似上述的故事當中的決鬥稱爲「遊戲」。遊戲的主角不能是一個人，至少要兩人以上。你應該在雙方利害關係的基礎上把握住遊戲的核心，藉由預測對方的行動來制定自己的策略。簡單的遊戲有撲克牌、賭博等，股票或房地產投資也可以被稱爲是遊戲，另外，美國與阿拉伯國家的對峙狀態也可以理解成是一種遊戲。

再看看撲克牌遊戲。在撲克牌遊戲中如果想贏錢就不能只看著自己的牌，初學遊戲的人最容易犯的錯誤，就是只關注自己的牌。撲克牌最基本的遊戲規則就是要知道對方的牌。這個遊戲規則同樣適用於股票和房地產投資等所有遊戲。一進入遊戲，你就要讓自己盡可能地多做思考。

遊戲理論不僅涉及數學的領域，它還廣泛涉及到經濟學、政治學、生物學、物理學、社會科學、軍事學及市場營銷等多個領域。

「三人決鬥」故事中的A，有可能會陷入一種更加困難和複雜的處境中。A的戰略是建立在他把B和C都想像成做出最有利於自己的選擇的基礎之上的。所以，如果B或C做出了愚蠢的選擇，那麼他的這一策略就行不通了。我們應該根據情況考慮到更爲複雜的變數。

有一種受天才數學家馮·諾伊曼（J. von Nuemann）研究的啓發而得出的所謂「遊戲規則」。**遊戲理論就是，將複雜的要素簡**

化，從自己的利益出發來預測對方的行動，使別人考慮到對自己的利益造成影響的要素，再通過這種數學的推理，取得特定情況下的最好結果。

遊戲理論不僅涉及數學的領域，它還廣泛涉及到經濟學、政治學、生物學、物理學、社會科學、軍事學及市場營銷等多個領域。三位在經濟領域的遊戲理論研究方面做出重要貢獻的科學家，於1994年獲頒諾貝爾經濟學獎，他們的研究受到了高度評價。其中一名與精神分裂症頑強鬥爭的數學家約翰·奈許（John Nash）的故事，還被改編成由羅素·克洛（Russell Crowe）主演的電影《美麗境界》（A Beautiful Mind）。這部電影更由於得到奧斯卡金像獎的多項提名而備受關注。

遊戲不是單純的，它包含多種因素。以下是一個關於某公司的故事。新上任組長所開展的業務，不能爲公司帶來更大利潤，反而含有多種會給公司帶來損失的危險因素。公司的經理已經預測到這點，然而他卻沒有向組長提出，而只是耐心地觀察著組長的行動。一位理事未能理解經理的心思，他想要告訴這位組長，但經理卻勸理事說，「就算他失敗了，我們遭受的損失也不會很大，

在我們周圍有許許多多的遊戲。遊戲中沒有客觀的正確答案，只有主觀的最佳策略。其中最基本的策略就是像玩撲克牌一樣，在關注自己的牌的同時，也要關注對手的牌。

但若他能從中汲取教訓，那麼這對我們來說就是很大的收益了。只要再給他一次機會，誰曉得這傢伙會不會用我們想像不到的方法取得成功呢？」

在我們周圍有許許多多的遊戲。我們要留心觀察自己將要參加的遊戲。遊戲中沒有客觀的正確答案，只有主觀的最佳策略。其中最基本的策略就是像撲克牌一樣，在關注自己的牌的同時，也要關注對手的牌。

戀愛和經商的策略

故事

求婚成功的策略

＊剩下一些食物

在你向女友求婚的晚餐中，如果你將點好的食物全都吃完了會怎樣呢？如果這樣的話，你的求婚似乎會顯得有些缺乏誠意。所以，你要適當地剩下一些食物，這樣效果才會更好。同時，這樣做會讓對方感到你可能還有些擔心，還有些話想要說，如此一來，你就可以達到先讓對方傾聽你心聲的效果了。

＊在高處表白

宇宙航空醫學研究顯示，在海拔高的地方由於氣壓變化和重力加速度的影響，心臟的跳動會加快，人體內的氮氣等氣體將會膨脹，從而使呼吸和脈搏跳動加快，人體達到興奮狀態。這時人們的心理防禦意識會自然減弱，產生一種想要依賴他人的心理。如果你在這時求婚，將會取得最佳效果。

＊不要錯過颳風的日子

天氣變化會給人的心理造成很大影響。據說颳風會令人心情愉快，因為颳風使大氣中的陰（電性）離子數目增加，這樣就可以抑制人體內誘發痛苦的血清素的分泌。所以在求婚之前，千萬別要忘了關注一下天氣預報。

＊在晚上求婚

從生物體的節律周期上來看，人體的緊張情緒在夜間會得到緩解，這時人們的心理處於一種平和的狀態。

求婚最忌諱的時間：上午8點～下午2點

求婚最適宜的時間：晚上7點～10點

這是某個以研究青年男女戀愛學爲主的廣播節目中所介紹的內容。聽了之後我覺得很有道理，雖然都是一些小的細節，但卻似乎能起到顯著效果。聽了這個節目之後，你也許會不由地想到，原來這就是那些所謂的「帥哥」總能吸引女孩子的祕訣。

故事12中的策略在求婚的時候是必不可少。只單方面地考慮自己感受的求婚方式是行不通的，策略之中最關鍵的核心是要知道「對方的牌」。不要只考慮「我該怎麼求婚」，應該多想想「怎樣讓對方接受」，才是最基本的策略，而這原則同樣適用於經商。

讓我們看看以下的情況：一個男子想向女孩求婚，如果這個女孩已經很喜歡他了，那麼他在求婚的時候還需要策略嗎？

戀愛與經商有許多共同之處。策略固然重要，取得成功所必需的充分條件也必不可少。

如果男子已經具備了「女孩非常喜歡他」這個充分條件，那麼他在求婚的時候可能並不需要什麼特別的策略。那些真正又帥又有才氣的男子，即使是「在地下餐廳裡吃完了所有的食物」或「在沒有一絲風的上午8點」求婚，女孩可能也會欣然接受的。

我曾經聽說過關於世界首富比爾·蓋茨求婚的故事。一天蓋茨的女朋友來他家玩，於是他勸她試玩自己親自設計的一款遊戲。本來就非常喜歡玩遊戲的她，很快就陶醉其中，而當她通過了遊戲的最後一關時，電腦螢幕上出現了這樣一行字：「嫁給我吧！」

正像故事12中所講述的那樣，求婚也是需要策略的。然而，對於那些要求婚的男子來說，不要過分考慮怎樣才能讓求婚看起來浪漫，而應該首先想想，自己是不是具備了讓女孩喜歡的諸多優勢。

利用對方瞬間的感情的做法就像是一件裝飾品一樣。我喜歡漂亮的女孩，但不是指濃妝艷抹，而是指一種天生麗質的樸素的美，這應該是大部分男士的審美觀點。當然，女孩也是一樣的，在那些只能滿足自己某一瞬間感覺的人，和基本上具備了自己喜歡的多種條件的人之間，她們更喜歡的是後者。

戀愛與經商有許多共同之處。策略固然重要，取得成功所必需的充分條件也必不可少。在具備了這些內在的基本條件後，就應該考慮制定應對外部環境的策略了。

我們強調良好人際關係的重要性，然而與人際關係比起來，自身的基本條件更爲重要。**只有具備了自身的優勢，別人才能幫助你**。

戀愛與經商的另一個共同點，是要以眞誠的態度來對待他人。如果你想和某個女孩談戀愛，那麼你就要對她眞誠。如果你用謊言和僞善包裝自己來欺騙她，那麼你們的感情不會長久。做生意也是同樣的道理，信譽對生意人來說就像生命一樣重要。

我曾經遇到過一位被人們譽爲「保險推銷大王」的人，他在韓國保險業是屈指可數的大人物。當我問及推銷成功的祕訣時，他說，「以一顆眞誠的心對待每一位客戶是最佳的策略」。

我一直都在強調策略的根本是「知道對方的牌」，但是，從戀愛的策略中，我們可以領悟到，在經商中同樣是「創造自己的好牌」比「知道對方的牌」更重要。

試仔細想想，戀愛和經商的確有很多相似之處。想接近你心儀的、與衆不同的女孩，你必須要有協調能力；爲了做一些能夠取悅女孩的事，你必須要具有策畫能力和創造力；爲了和女孩進行更好的語言交流，你必須要具有溝通的能力；爲了和女孩保持良好的關係，你必須要有主導能力。

你認爲在戀愛中最需要的是什麼？它同樣適用於經商。

故事

學習就要受到斥責

邏輯學中有一個術語叫「質位變換命題」，由否定和置換另一等價命題的項而得到的命題。如，「所有的p是q（p→q）」的質位變換命題是「所有的非q是非p（～q→～p）」。又如「如果春天到了，花就開了」的質位變換命題是「如果花不開，春天就還沒有到」。如果命題是成立的，那麼它的質位變換命題也是成立的。

讓我們看看下面的情形：媽媽在生氣責罰兒子時常常會說：「不罵你你就不學習！」這命題的質位變換命題就很是奇怪了，它是「要學習就要受到斥責」。

為什麼會這樣呢？質位變換命題並不是一個很難的問題，為什麼會得到一個這樣想像不到的結果呢？這種奇怪的質位變換命題還有很多：

肚子餓了就吃飯。→ 不吃飯的話，肚子就不會餓。

著火了消防隊員就會來。→ 消防隊員不來的話，就不會著火。

天亮了公雞就會叫。→ 公雞不叫，天就不會亮。

這些命題錯在哪裡呢？怎樣才能得到正確的質位變換命題呢？你能發現故事13中的質位變換命題錯在哪裡嗎？你能運用邏輯思維來向別人進行說明嗎？

邏輯是辨別事理的最力的工具，我們應該用邏輯思維來進行判斷。所以，如果你想要將自己的主張灌輸給別人，那麼你應該時刻以邏輯爲武器。沒有人會用強制手段或自己的權威來說服別人，人們通常會這樣說，「仔細想想我的話是不是很正確呢？所以還是聽我的吧！」經驗告訴我們，雖然你將邏輯作爲強而有力的武器來說服別人，但沒有人希望自己屈服於你的邏輯思維之中。就像是未婚的女孩懷了孕，她也總是有自己的理由的。

我們知道任何時候說話都要有邏輯，所以我們總是試圖用邏輯思維來說服與我們的意見不同的人。然而，不管在什麼情況下我們都應該牢記的是，「絕不能只用邏輯來壓制別人」。沒有人會完全依據別人的邏輯來改變自己的主張。爲什麼呢？因爲我的主張是我自己的，我提出的主張是對我自己思想的反映。所以，無視我的主張無異於無視我本人。沒有人會對別人的侵犯無動於衷。

所以，想要將自己的主張灌輸給別人的唯一方法就是感性的號召。通過喚起他人與自己的情感共鳴，是將自己的主張傳達給別人的唯一途徑。沒有人能只用邏輯就說服別人的。如果你將邏輯擺在首位，那麼感情就會受到極大傷害。感情一旦受到了傷害，在你試圖向別人傳達自己的主張時，一開始就會行不通。只有在一開始你就從感情上與對方接近，喚起對方與你的情感共鳴，這樣才能使對方心動。能夠改變與自己意見不同的人的最有力武器不是邏輯，而是感性的號召。

有一位母親，她的兒子正在讀中學。她希望兒子能夠成爲醫生，可是兒子的夢想卻是當歌手。母親告訴兒子，「要想成爲醫生就要努力學習！」兒子說服母親，「我的夢想是成爲一名歌手，不是醫生。」母親很有條理地向兒子闡明做醫生有什麼好處，「醫生這個職業穩定性強，經濟收入又好，社會地位也很高。」兒子也很有條理地逐點向母親闡述自己爲什麼想要成爲歌手，諸如自己的興趣、對音樂的熱愛，以及當衆演唱時得到的幸福感……

能夠改變與自己意見不同的人的最有力武器不是邏輯，而是感性的號召。

然而，母子之間的意見差異並沒有縮小。最初他們的情緒都很穩定，漸漸地嗓門都越來越高，最後各自都忿忿回到了自己的房間。這就是邏輯對話的典型方式。

上面故事中的母親和兒子，都試圖透過邏輯思維將自己的主張灌輸給對方。但實際上，兩母子不應該採取這種邏輯式的對話方式，而應該首先形成情感的共鳴。母親在向兒子灌輸自己的主張時，應該首先充分理解兒子想要成爲歌手的心情，表達出與兒子情感的共鳴，然後再講述有關醫生這職業的好處。也就是說不要採用邏輯式的說明方式，要採用感情上的接近方式。當然，現實生活中母親們通常是利用自己的權威來壓制子女，透過施加壓力來強迫子女學習。

感性號召中「感性機能」至爲重要，你必須要迅速洞察對方的心理，然後再傾吐自己的心聲。在總統大選這類大型活動中，有些人總能發表讓聽衆備受感染的演說，他們並沒有首先闡述爲什麼自己支持某個候選人等大道理，而是先用一滴淚水來打動聽衆，使聽衆與之產生共鳴。

如今我們生活在一個感性支配的時代。二十一世紀之所以被稱爲「女性時代」，就是因爲女性比男性更感性。不要把邏輯論理擺在前面灌輸自己的主張，要通過感情上的接近來感化對方。要使對方自己改變自己的主張，你是不可能直接改變他人的主張的。

實際上，邏輯不是對他人使用的工具，而是對你自己幫助很大的工具。在你整理自己的思想，並形成自己的主張的時候，邏輯思維發揮著重要的作用。然而很遺憾的是，許多人總是容易深深地陷入到感性的漩渦之中。他們通常是在感性地做出了所有的判斷和決定之後，爲了使自己的判斷合理化，再將它包裝上邏輯的外殼。當然，這只能給人一種邏輯思維的錯覺。**自己在思考的時候要採用更多的邏輯思維，對自己需要邏輯，對他人需要感性。**

讓我們再來看看故事13中的質位變換命題。「p→q，所有的p是q」這一命題是不具有時間順序的限制的；但「不受到責備就不學習」則是一個具有時間順序限制的命題。因此，盲目地得到「不……就不……」的質位變換命題是錯誤的。

如果考慮到時間順序，再來做這質位變換命題，那麼結果就應該是「如果不……的話，那是因爲過去沒有……」，即「造成現在這樣的結果，原因在於過去的某件事」。也就是說在做這些質位變換命題時，前面的子句要用現在式，而後面的結論則要用過去式。所以故事13中的正確的質位變換應該是「現正在學習是因爲剛才受到斥責」。

我也買彩券

中彩券的「幸運兒」

1. 1987年，一個做生意的50歲男子在漢城中了300萬元的彩券。於是他開始沾沾自喜，放棄了自己的生意。因爲有了錢，他開始玩女人，不僅不給妻子生活費，還經常對她施以暴力，最終他成了階下囚。造成這悲劇的元凶，正是他夢寐以求的金錢。

2. 1997年，美國洛杉磯一位40歲的女子中了4500萬的彩券。她瞞著丈夫，並要和他離婚。因爲如果不離婚的話，她就要分一半的獎金給丈夫。然而，由於彩券公司將郵件送錯了地方，導致事跡敗露。法院將所有的獎金都判給了她的丈夫，這個女子成了一無所有的叫化子。

3. 26歲的汽車維修工人庫尼中了7億元的彩券。「雖然中了巨額獎金，但我還是要像以前一樣生活」是他剛中獎時的決心。然而，沒過兩三天他就收購了自己工作的那家汽車公司，他的妻子也放棄了在麵包店的工作。這對夫婦憑藉這些獎金，開始改變自己的消費方式，完全過起了上流社會的生活。不久，他所收購的公司由於經營不善而陷入困境，他當初興致勃勃投資的公司都經營得不順利。最後，他與妻子離婚，家庭破裂；他的財產不僅被揮霍一空，而且還負債。

4. 釜山安某（50歲）的妻子在2002年中了700萬元的彩券。夫婦倆經過商量之後，用360萬元買了農場和漁船，剩餘的錢存入了妻子的存摺裡。之後，兩人的消費越來越高，不到一年便已經身無分文了。妻子在走投無路之下離家出走，8個月後，當妻子回到家中時，憤怒的丈夫用刀在妻子身上亂砍致其重傷，丈夫因此而被拘捕。

我們公司大樓的一樓是國民銀行，每逢我上下班進出大樓時，我經常會向銀行那邊望去，那裡總是聚集著很多人，一整天都是人聲鼎沸，幾乎妨礙了銀行的正常業務，原因是那裡在賣「逆轉人生」的彩券。

我們經常在新聞中聽到一些人中了2億、6億、12億彩券大獎的故事。聽了這些故事，我常常會一動不動地站在那裡思考大約30分鐘，「如果我突然有了3億，那麼我用這些錢做什麼呢？」我發現只是這樣想一想是不行的，於是我也來到一樓的國民銀行，花了很長時間排隊買彩券。在其後的一星期內，一有空我便會想「中了大獎之後，我會裝作什麼事也沒發生一樣，照常工作。待數星期之後便會離開這裡前往海外，一年半載後才再回來……」我乘著幻想的翅膀周遊了世界各地，「我將買下高級別墅和摩天大樓。」

買了彩券的人即使中不了獎，也會發揮豐富的想像力，「如果中了大獎該有多好啊！中獎後我幹什麼呢？」這種美好的想像使他們度過了幸福的一星期。

但是，在我陷入這種想像之後，我會突然間醒悟，自己浪費了很多時間。雖然說即使中不了獎，憑藉想像也可以度過幸福的一星期，但我卻發現自己爲了這種完全脫離了現實的想像，浪費了太多時間，而在腦海中突然浮現出了「富人是不買彩券的」這句話。

富人都是熟練於創作藍圖，他們總在以一種樂觀的、肯定的姿態來做那些普通人認爲是不可能的事情。經營一個大公司始於與衆不同的設想和樂觀肯定的姿態。然而，若只具備了這些，你亦不一定能使它日益壯大，只靠樂觀肯定的姿態來創作藍圖並不能經營一間公司，緊接的是要有一個將它付諸實行的具體計畫。

如果說敢於想像和樂觀肯定的思考是成為富人的條件的話，那麼具體的、現實的思想便是成為富人的另一個條件。

富人的特點就是在創作藍圖的同時，能兼備具體的、現實的思考能力。經營大公司的人需要有夢想，然而許多的夢想家都是失業者。如果說敢於想像和樂觀肯定的思考是成爲富人的條件的話，那麼具體的、現實的思想便是成爲富人的另一個條件。

雖然人們常說「沒有想像力，只有現實思考能力的人是發不了大財的」，但那些只有想像力卻脫離現實的人，卻更容易成為失業者。

美好的想像會使你感到幸福，但完全陶醉於想像之中卻會給現實帶來損失。我認為想成為有錢人的人們，應該具有像富人一樣的思想。我們也像富人那樣思考吧！富人不買彩券，只有窮人才買。彩券的獎金實際上都來自窮人的腰包，如果想要成為有錢人就應該像富人那樣思考。比起沉醉於窮人們荒誕的夢想之中，我們更需要的是一種汲取富人智慧的態度。

但是，每當聽到人們中獎的消息，我總會擋不住誘惑，「只買一次！」於是，這星期我又買了一次彩券。

要想成為富人就要向富人學習

故事 

一場高爾夫球賽

S董事長與H社長正進行一場高爾夫球比賽。隨著H社長開球，比賽開始了。然而H社長卻把球打進了樹林，於是，兩人開始四處尋找。S董事長首先發現了球，然而他卻沒有告訴H社長，而是狠狠地把球踩了一下。因爲在這種情況下，如果H社長找不到球，他就要被罰一桿了。S董事長胸有成竹地望著遠處的山峰，等著H社長被罰一桿。可是S董事長突然聽到H社長欣喜地喊道：

「球在這裡！」原來H社長趁S董事長不注意，迅速從口袋裡掏出了一顆球。H社長「找」到了球，比賽繼續進行。這時S董事長一臉苦惱，一時啞口無言。

每個人都想成爲有錢人，然而我們卻常常鄙視有錢人，總想挑有錢人的種種毛病，惡意中傷他們，甚至給他們製造緋聞。我們不去發掘他們的優點，卻只想找到他們的缺點，這恐怕是我們對富人的猜忌和嫉妒在作祟。

像故事15的幽默故事，讓作爲財閥的董事長出場似乎是再合適不過了。然而，如果將所有的富人都普遍地看作是這種卑劣的騙子，卻似乎不甚妥當。

我們一直以來對金錢都持有雙重態度。一方面我們愛錢，希望自己能成爲富人；另一方面我們又總是瞧不起有錢人，常常指責他們。我們常說，「人窮志不窮，我們應該過更有意義的精神生活。」這實際上是一種表裡不一的反應。然而，在經歷了金融風暴之後，此現象似乎有了很大的改變。如今，人們已經開始直接地表達自己對金錢的看法了。「祝你發財！」這句話已經成了2003年韓國人使用得最多的祝福語。雖然人們對於金錢的態度變得更加直接了，但至今爲止，人們對富人的成見卻越來越深，認爲大部分的有錢人都品行惡劣，爲了賺錢不擇手段。這種偏見難道不是窮人想要安慰自己的心理在作怪嗎？

我們都想安慰窮人，社會需要同情心，這樣世界才會變得更美好。所以，我喜歡有同情心的人。然而，我並不贊成將勤勞善良的人們，是由於歪曲的經濟和社會結構而未能得到自己應得的一份，導致他們日益貧困的現象合理化。這樣的安慰似乎不能成爲窮人努力的動力，用一種不正確的眼光來看待社會將會帶來不良的後果。然而，人們卻很容易去安慰、同情窮人，而將位居窮人對立面的富人都想像成是用不正當手段賺錢的凶神惡煞。

當然，我們應該改變欺壓弱者的社會結構，對於那些使用不正當手段累積財富，或使用非法手段繼承巨額財產，以及通過不公平交易使他人蒙受損失卻能逃脫法律制裁的人，我們應該對他們進行嚴正的審判。但是，將所有的有錢人都看作是卑鄙無恥的資本主義者也是不對的。而且，這樣對自己亦不會有任何幫助。

使用卑鄙、非法的手段並不能成爲有錢人，這些違法的人只能成爲階下囚。有些人品行惡劣，他們通過非法手段實現了自己成爲有錢人的夢想。你千萬不要和這種人打交道，要盡量疏遠他。但是，如果你發現他致富的經驗中有值得學習的地方，哪怕只是一點點，你也要毫不猶豫地汲取過來。不管富人的品行如何，但既然能成爲有錢人，他一定具有能夠成爲有錢人的理由。這一點我們應該肯定。所以，**如果你想成爲富人，那麼你就一定要拋棄對富人毫無根據、不公正的偏見，因爲這種偏見不過是幼稚的、嫉妒的產物而已**。

要想成爲有錢人就應該向富人學習。那些通過正當途徑致富的人有許多值得我們學習的優點，我們難道不應該向他們學習嗎？也希望我們的社會能多湧現出一些將自己財富回饋社會的優秀的富人。

挑戰和勇氣、選擇和集中精力

「你比你想像中更勇敢，比看起來更強壯，比外表看上去更聰明！」

挑戰和勇氣、選擇和集中精力

故事

你應該最先學的東西

美國奇異（GE）公司前董事長兼總裁傑克·威爾許（Jack Welch）曾在密西根大學的經營管理學院爲學生進行過一次演講。當時來聽他演講的學生將整個會堂擠得水泄不通，而威爾許就站在會堂中央。演講結束後，他向學生提問：

「你們在密西根修讀MBA最大的收獲是什麼？」

他沒有請學生回答而是自問自答道：

「那就是自信。」

少數具有創造力的人們引領著時代的潮流。

在我們的社會中有多數人，也有少數人，判斷一下你現在處於哪一種情況。如果你眞的想成爲有錢人，那麼你就應該站在少數人那一邊。爲什麼呢？因爲富人是少數人。

站在少數人那一邊會有多種不定因素，而且有極大的風險。因爲選擇少數人的道路如果成功的話，你就能夠實現成爲有錢人的夢想；但若失敗了，那麼你可能會陷入成爲露宿街頭的乞丐的絕望境地。所以，人們總是毫不猶豫地放棄與少數人爲伍，堅決地站在多數人那一邊。這是因爲膽怯的緣故，但有一點需要明白，如果你的夢想是像少數人那樣生活，那麼你只有站在少數人那一邊，才能實現這願望。

我相信一定有一種方法可以讓你付出很少，但收穫卻很多，我想「選擇」和「集中精力」就是開啟這把鎖的鑰匙。

成爲少數人的最基本條件就是勇氣和自信。同時，站在少數人那一邊就意味著挑戰，而成爲富人的唯一途徑就是投資。**用金錢來投資、用時間來投資，或是用你自己的生活來投資，不管採取哪種方式，你必須要投資**。投資在使你擁有獲取更多金錢的機會的同時，也伴隨著可能令你失去一切的危險。從這個角度來看，投資的另一個名稱就是「挑戰」，而挑戰取得成功的基本條件是勇氣和自信。

如果有人問你，除了勇氣和自信之外，還需要什麼條件的話，我建議你回答「選擇」和「集中精力」。我相信一定有一種方法可以讓你付出很少，但收穫卻很多，我想「選擇」和「集中精力」就是開啓這把鎖的鑰匙。

故事

兩名伐木工

有兩名伐木工人正在砍樹。兩個人同時開始，同時結束。其中一個人中間休息了30分鐘，而另一人則沒有休息，一直在努力工作。然而，結果休息了30分鐘的人卻比沒有休息的人砍了更多樹，爲什麼呢？這個謎語的答案是，休息了30分鐘的人利用休息時間將自己的斧頭磨得更加鋒利了。

有人說，「只要盡了最大的努力就可以了。」我並不欣賞這種態度，因爲這話聽起來就是「不假思索地、盲目地努力工作」的意思。盲目的努力，並不一定能夠得到等值的回報，我們需要的是透著聰明智慧的努力。不是所有早起工作的人都能成爲有錢人的，成爲富人的可能性與工作時間的長短並不成正比，學習成績的好壞與學習的時間也不成正比。誠實和努力只是基礎，努力之外還需要有聰明智慧。

如果問「努力中透著聰明才智的方法是什麼」，我會毫不猶豫地回答「選擇」和「集中精力」。與盲目的努力相比，聰明的策略更加重要。**要明白自己的優勢，然後將側重點放在你的優勢**

上。**只有藉由你的優勢與別人競爭你才能更容易取勝**。同時，你要明白什麼對你最重要，然後再根據優先順序去工作。我們每天只有二十四小時，所以你要選擇做重要的事情，對於不在優先次序中的事情，則不要投入太多精力，這才是最明智的做法。

「選擇」與「集中精力」最好的表現形式就是「20/80法則」。一定要將20/80法則運用到你的工作中去。不要將精力平均分配到每一件事情上，要首先選擇具有核心性的事情，然後集中精力在這件事情上，這樣才能取得更大的成就。

膽怯與恐懼 vs. 勇氣與自信

故事

膽量大挑戰

問題1：地上放了一塊長2公尺寬50公分的木板，你能不能保持平衡地從木板上走過去不掉下來？

問題2：將一塊長2公尺寬50公分的木板橫架在兩棟10層高的大樓之間，假設木板非常穩固，踩在上面一定不會折斷，你能不能保持平衡地從木板上走過去呢？

任何人都可以從放在地上的長2公尺寬50公分的木板上走過，但恐怕一般人都不敢站在架於兩棟10層高的大樓之間的木板上。為什麼會出現這樣的差異呢？當然是因為恐懼。人們都害怕一不小心會失去平衡，從木板上掉下來，這種恐懼導致了人們對待問題1和問題2的巨大差異。

從完全相同的兩塊木板上走過，只是因為一塊放在地上，一塊架在兩棟10層高樓的樓頂上，結果卻完全不同。除非是具有相當膽量的人，否則一般人對於要從放置在10樓高的木板上走過去，可能連想都不敢想。一般人站在10層高樓的樓頂都已經感覺到魂飛魄散，即使沒有掉下去的危險，但「掉下去就必死無疑」的想法也會浮現在他們的腦海裡。這種想法使我們的身體從頭到腳都變得麻木僵硬，身體的平衡感完全被打破。渾身都在發抖，腿也沒了力氣，手也不知不覺開始顫抖。結果，由於這種「掉下去就必死無疑」的害怕與恐懼，使大多數人都失去了平衡，而最終跌都會跌落下來。

在寬50公分的木板上維持平衡是一件很容易的事，但是，那些被「掉下去就必死無疑」的恐懼困擾的人卻保持不了平衡。原因就在於恐懼。恐懼並不是只在面臨「死亡」等巨大的考驗時才會出現，人們產生恐懼感的情況有很多。「這次考試不及

有自信的人即使實力稍微差一些，但只要他有勇氣和自信，那麼便有可能會超常發揮，最終取勝。

格怎麼辦？」「向女孩表白後，她說不喜歡我，拒絕我怎麼辦？」「萬一合同簽不成，我以後在公司怎麼待下去呢？……」恐懼可以大到對可怕怪獸的恐懼，亦可以小到對頑童的恐懼，可謂形形色色，千變萬化。恐懼以多樣的臉孔存在於我們生活中的每一個角落，時刻折磨著我們。

爲了克服恐懼，我們需要有勇氣和自信。設想一下兩名拳擊手比賽，其中一人非常害怕對方，而另一人則很有自信，誰會取勝呢？如果他們兩人的實力相當，那麼有自信的人當然會取勝了。有時，有自信的人即使實力稍微差一些，但只要他有勇氣和自信，那麼便有可能會超常發揮，最終取勝。

審視一下你自己，一定會發現一個強大的你，是一個優點很多的人。有些人認爲自己很強大，優點很多；而有些人則認爲自己很弱小，缺點很多。你對自己的評價又是如何呢？

記憶會給不同的人帶來不同的選擇結果。即使是經歷完全相同的人，有些人記得美好的事情，擁有美好的回憶；而有些人則只記得痛苦的事情，只能擁有痛苦的回憶。所以有些人適用於「墨菲法則」（Murphy's law），而有些人則適用於「薩利法則」（Sally's law）。我們不要被帶來負面影響的「墨菲法則」所支配，我們應該成爲不管什麼情況都會碩果纍纍的「薩利法則」的主人。**我們要以樂觀肯定的思想來克服恐懼，任何時候都要有勇氣，不要失去自信。**

再講述一個關於恐懼的故事。

故事

人們死亡的真正原因

一個人在路上遇到了「災難」和「恐懼」，他問「災難」：

「災難，你去哪？」

「我去殺1萬個人。」

「天啊！你一個人能殺1萬人？」

「不是的。我只能殺100個人，剩下的由恐懼來殺。」

比災難能殺更多人的是恐懼，我們常常會有這樣的經歷。

盲目的賭博vs.有準備的挑戰

故事

某個年輕老闆的決定

1954年日本一個中小企業發明了世界上首部電晶體收音機。美國的寶路華（Bulove）鐘錶國際集團對這項發明給予了高度評價，同時還提議從這家企業購買10萬台電晶體收音機，再用寶路華的商標轉賣出去。對於一個經營艱難的小企業來說，這一個提議可以爲企業的穩步成長提供良好的基礎，聽起來極其誘人。第一年訂購10萬台，第二年有可能會增加到100萬台。然而，這家日本企業的經理爲了取得更大的成就，沒有接受這個提議，他選擇了冒險，拒絕了寶路華公司。他的「野心」是用自己公司的名字給電晶體收音機命名，並由自己的公司出售。這位年輕的經理就是盛田昭夫。他這種有準備的冒險精神使他的公司繼電晶體收音機之後，又以合理的價格率先在市場上推出了錄影機和CD音響等產品，他的企業也一躍成爲世界企業發展的龍頭。這家小企業的名字就是「新力」（Sony）。

我想到了彼得．杜拉克（Peter F. Drucker）的一句名言，「一個成功的企業至少曾經做過一次重大的決定。」這句話同樣適用於個人，想要取得成功的人，也必須要至少做一次重大的決定。這句話也可以理解成爲「沒有做過重大決定的企業，是不可能取得成功的」。對於個人也是一樣的道理。

要做出重大的決定，需要有自信心和勇氣。然而，重大的決定並不意味著盲目的冒險，它不是「盲目的賭博」，而是「有準備的挑戰」。

比爾．蓋茨、史蒂芬．史匹柏（Steven Spielberg）、麥克．戴爾（Michael Dell）都放棄了自己的大學學業，這是改變他們人生命運的重大決定之一。如果當初他們沒有做出這個決定，便可能無法取得今日的成就。

要做出重大的決定，需要有自信心和勇氣。然而，重大的決定並不意味著盲目的冒險，它不是「盲目的賭博」，而是「有準備的挑戰」。

盲目的賭博與有準備的挑戰是完全不同的。就在不久前，買彩券還風靡一時，常常成爲人們談論的話題。據說某人得知某次彩券的中獎金額將會超過10億元，於是他買了30萬元的彩券。對於這行爲，沒有人認爲他是做出了重大的決定。還有一個失業的年輕人想要做生意，他纏著父母給他出本錢。實際上這個年輕人沒有任何做生意的經驗，也沒有做任何準備，他只是想當然地認爲只要自己去做就一定能做好，這也不是有準備的挑戰。我們應該冷靜地判斷自己所做的事，是「有準備的挑戰」還是「盲目的賭博」。

我們來分析一下盲目的賭博和有準備的挑戰之間的差異。在2002年的韓日世界杯16強爭奪戰中，南韓以1：0戰勝了義大利隊。當時希丁克教練在下半場過了17分鐘之後讓3名進攻隊員入替防守隊員，這看上去像是一場盲目的賭博，因爲後半場才只過了17分鐘，剩餘的時間還很多。如果已經過了40分鐘，那麼這一戰術似乎還可以用來賭賭運氣。但是，這一戰術對於希丁克教練來說並不是盲目的，在平時，他已經將所有的隊員都訓練成既能進攻又能防守。雖然在別人的眼中他是在賭博，但實際上他是在進行一場經過了充分準備的挑戰。

重大的決定可能會成爲盲目的賭博，也可能會成爲有準備的挑戰，這完全取決於你自己的選擇。人們常常說，「勇敢地去挑戰吧！要適應各種變化，要敢於碰壁！挑戰的人生才會更精采！」那麼挑戰究竟是什麼呢？

我認爲，讓自己站在少數人那一邊是挑戰的最基本特徵。所謂的挑戰就是要成爲少數人，因爲在比賽中取勝的總是少數人。100名馬拉松選手參加比賽，最後能得到獎牌的不過是2、3個人而已；在衆多的藝人當中，能成爲明星的也是極少數。你的夢想、希望和目標是什麼？如果你的夢想和目標是只有少數人才能實現的，那麼爲了成爲少數人，你必須要做出某些重大決定，這決定就是「挑戰」。

做好準備去迎接挑戰。如果說你決定要成爲少數人，那麼你一定要記住，富人是少數人，露宿街頭的乞丐也是少數人。**所以挑戰是需要充分準備的，準備好一張與眾不同的「王牌」去迎接挑戰。要記住是「挑戰」而非「賭博」，充滿自信就一定能夠挑戰成功。**

放棄完美主義

故事

金代理疲憊的一天

金代理非常疲憊。

他一整天都在努力工作。每當他想到，明天房東可能會加租時，他的眼前就會突然一黑。他強迫自己每天一大早起床，背著厚厚的筆記本，拖著疲憊的身體去擠地鐵。他來往於大小會議之間，還要埋頭制定計畫書，「爲什麼有這麼多的會議，爲什麼有這麼多報告要寫……」除此之外，他還要處理其他事務，經常工作到晚上。被工作折磨得筋疲力盡的他，一進家門便被孩子纏著玩，而且還要去應酬同學的聚會和同事的聚會，周末還要去教堂的唱詩班練習……金代理就是長出三頭六臂也似乎忙不過來，加上最近他又要負責公司的改革計畫方案，有時晚上還要加班，一天二十四小時幾乎不夠用。

金代理疲憊不堪。

你是不是也像故事21中的主人翁一樣，每天都疲憊不堪？我們常常看到一些生活得很辛苦的人，他們大都有很強的責任感，爲了能把一切和自己有關的事情處理得盡善盡美，他們會不辭辛

苦，整天都在忙碌。你是不是也是這樣呢？

所謂的「完美」就是盡善盡美，不管做什麼事情都要做得最好，總想得到所有人的認同和稱讚。有些人不管做什麼事都追求完美，不管和什麼人競爭也從不會失敗，這些人即使不能總是取勝，但爭強好勝的欲望也使他們不甘心輸給別人。你是怎麼看待這些人的呢？

我並不喜歡這種完美主義者和爭強好勝的人，我也不想成爲這樣的人。有些人說完美主義者缺乏人性的魅力，然而，我不喜歡完美主義者的原因，是這些人最終都成就不了大事業。

我之所以認爲完美主義者和爭強好勝的人無法取得輝煌成就的原因，大概有以下幾點：

＊不去做重要的、有價值的事，總是將精力放在小事上

追求完美主義的人，總是希望自己能夠處理好所有的事情，他們相信自己的構思和計畫一定比別人好，自己的想法一定比別人更可取，自己一定能夠比別人更早地付諸實行。因此，他們願意承擔所有的事情。然而，當今社會日益複雜，日益多樣化，不可能有事事都能做得很好的「超人」存在。即使有些人可以將所有事都處理得盡善盡美，但他最終也只能是個做些不值一提的小事的人。

一定要將「20/80」法則銘記在心。「20%的原因造成了80%的結果」，這是一條基本的商業原理。透過「20/80法則」我們應該明白，與其自己一個人去將100%的小事情都完成，不如將精力集中於能帶來80%顯著成就的20%核心事情上，這樣就能夠取得更大的成績。換句話說，一塊小餡餅的100%始終不可能及得上一塊大餡餅的80%，我們當然想要得到更大的一塊。但完美主義者卻很容易忽略這個事實。

＊生活過於勞累沒有閒暇，不可能創造出具有創新性的高效率

在傳統的產業社會中，誠實和勤勞可以創造成就。然而，在如今這個知識已成生產核心工具的資訊化社會中，創新的理念比誠實來得更重要。以誠實和勤勞為基礎，再加上創新性的理念，這樣才能獲得更高的效率。然而，完美主義者大都將誠實和勤勞擺在效率的前面，這最終使他們的生活忙碌得幾乎沒有一點空閒。

而生活沒有了閒暇，就很難創造出具有創新性的高效率。

我們都是普通人，人的精力和時間都是有限的，如果要將所有事都做得盡善盡美，便會變得疲憊不堪，精力也會相對下降。所以，不要寄望筋疲力盡的人會創造出創新性的高效率。

＊對自己要求過於嚴格，以致缺乏自信心

做任何事情最重要的就是要有自信心，沒有自信便什麼事也不可能做好。如果缺乏自信，雖然能夠順利完成上司交給你的任務，但卻不可能主動地去完成那些能動性的工作。

追求完美主義的人們對於讚美極其吝嗇，他們很少激勵周圍的人，也很少給予自己積極肯定的評價，他們使用最多的是否定詞彙。雖然說否定詞彙會鞭策人們做事要盡善盡美，但它同時也會打擊自信，使人消極頹廢。結果不僅別人交給你的任務做得不好，一些依靠自己的能動性去做得的工作也會處理不好。

真正的完美主義者不是將所有事都做得盡善盡美的人，而是那些藉由選擇和集中精力去追求高效率的人。

＊沒有發揮能使自己取得更大成就的優勢，而將精力集中於彌補自己的弱勢

人們常常有一種錯誤想法，要藉由彌補自己的缺點來完善自己。這樣想的人通常不重視自己的優勢，而更關注他人的優勢，總將自己的優勢與他人做比較。在發現自己不如人之後，就開始努力改善自己。如此一來，反而完全忽略了自己的優勢，而將更多精力集中於自己的弱勢。

在通往成功的道路上，你一定要將更多的精力投入至你做起來得心應手的事情上。**比起以誠實和勤勞爲基礎的努力，我們應該首先找到自己擅長之處，然後投入更多的時間和精力，以發揮自己的優勢**。不管我如何勤勞、誠實地工作，在我不擅長的領域也不可能取得輝煌的成績。要取得輝煌成績的途徑，就是要將時間和精力集中於自己擅長的領域。如今的社會是一個沒有輝煌成績就很難生存的競爭的社會。記著：「我們所有的成績都是源於我們的優勢，所以我們要將精力集中於自己的優勢。」

眞正的完美主義者不是將所有事都做得盡善盡美的人，而是那些藉由選擇和集中精力去追求高效率的人。我們一定要時刻銘記被人們稱爲「商業經典法則」的「20/80法則」，即是「20%的努力創造80%的成績」。從中我們應該認識到，不要在所有的事情上都投入100%的努力，首先正確選擇你眞正應該投入更多精力的事情，然後再付出自己的心血和努力。

這樣去行動吧！與其努力將所有事都做得盡善盡美，不如選取一兩件自己擅長的工作，投入自己所有的熱情。不要幻想所有科目的成績都是A，而是在你眞正擅長、眞正感興趣的科目上不只追求A，而是培養出能夠超越老師水平的實力。這時，即使你其他的科目只得了B也無所謂。在自己不擅長的領域，可以不用投入太多時間和精力。

選擇自己擅長的領域，將精力側重於此，使自己的優勢達到更高的水平，再努力一步，培養自己的實力，使自己成爲這領域內無人可及的第一人。比起在所有事情上都投入100%，這樣做你可以取得更大的成就。這才是眞正的完美主義者。

尋找集中精力投入的目標

故事

汽車修理費價目表

一天，朴某的汽車故障，但這故障不至於會引起撞車或其他交通事故。然而，突然有一天汽車發動不起來了，於是朴某打電話給附近的汽車中心，希望他們派人來修理。但是，汽車中心的職員說，「我不知道故障的原因在哪兒，還是送到附近的工廠去修理吧！」可是朴某認爲自己的汽車沒有那麼大的毛病，於是他又找另外一家汽車中心，但得到的是同樣的答案。

這時朴某的妻子宋某請來一名汽車專家。這位專家大致檢查了一下汽車，然後摸了摸汽車的某個部位，前後只花了一分鐘，汽車竟然發動了，好像從來就沒有發生過任何故障一樣。

夫婦兩人看到幾乎得要送到工廠去修理的汽車，竟然這麼簡單就被修好了，都感到異常高興。

「修理費多少錢？」

「3萬元。」

「3萬元？這車這麼容易就修好了，而且只花了一分鐘時間，3萬是不是太貴了？」

這時汽車專家出示了一張此次修理費的價目表。

汽車修理費總額（3萬元）＝上門服務費（4500元）＋尋找故障費（2萬5000元）＋修理費（500元）

我們每個人都想成功，想賺到更多的錢，因爲這是維持幸福的泉源，所以我們一心一意努力工作，但是比努力工作更重要的是「在哪些方面付出怎樣的努力」這一問題。

我們都明白選擇與集中精力的道理。**不要試圖將十件事都做得盡善盡美，當你選擇了自己比別人更擅長的一兩件事之後，集中精力投入其中，這樣你就可以取得更大的成就**。

我曾經在《改變想法就能改變命運》一書中介紹了「20/80法則」，我將它稱爲「幸福法則」。「20/80法則」是對選擇與集中精力的具體闡述，我認爲對「幸福法則」最基本的理解就是：付出最少的努力卻可以取得最大的成就。

「20/80法則」就是20%的原因可以創造出80%的結果。如果我們將「原因與結果」用「努力與成就」替換，那就是，所有努力的20%創造了所有成就的80%。「20/80法則」無處不在，我們實在有必要將所有事都用「20/80法則」來分析一下。例如，商店80%的銷售額都來自於20%的顧客，企業80%的利潤都來自於20%的職員。這分析事實上是完全符合實際情況的。

有些人雖然很努力，但卻未能取得什麼成就，工作進展非常不順利。與之相反，有些人看似沒有付出多少努力，但他的工作卻

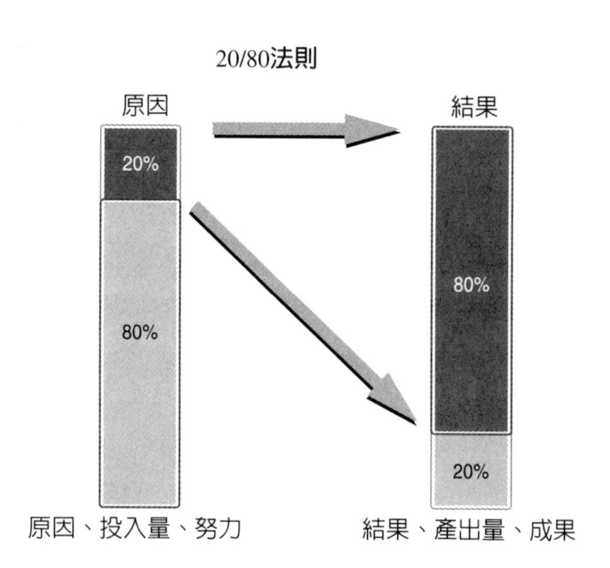

非常順利，很容易就取得了不錯的成績。這種差異不是源於個人的能力，而是由基本的選擇和集中精力所造成。選擇自己所擅長的工作，找到可以創造80%成就的20%的人，任何時候都不難取得輝煌的成就。

某公司想過10種產品創下100億元的銷售額，如果這公司的經理希望10種產品每一種都銷售10億元，那麼預期的銷售額是不可能實現的。如果想要10種產品創下100億的銷售額，那麼應該使其中一兩種產品的銷售額達到70～80億。公司的經理應該分析一下這10種產品，然後集中精力投入到能帶

在選擇與集中精力二者之中，選擇比集中精力更重要，也就是找到要集中精力投入的方面。

來80%銷售額的一兩種產品之中。最重要的是找到應該集中精力投入的領域。

在選擇與集中精力二者之中，選擇比集中精力更重要，也就是找到要集中精力投入的選項。這樣做你也可以很容易地實現「付出很少的努力而得到很多收穫」的夢想了。

在日常生活中我們一定要記住「找到故障的費用比修理故障的費用要高得多」這句話。

不要急躁，集中精力

故事

著急的農夫

從前有個種穀子的農夫。他每天都要到自己的田裡去看穀苗的生長情況。然而在著急的農夫眼裡，穀苗似乎一點兒都沒有長大。

「爲什麼不能長快點呢？」

由於太著急，農夫每天都去田裡看，因此在他的眼裡是不會看到穀苗的成長的。他的心裡只想著自己田裡的穀子能比鄰居家的穀子長得更快就好了。終於有一天，他忍不住半夜三更跑到自己的田裡，把穀苗都向上拔長一點。第二天他對隔壁的人說：「我們家的穀子比你們的好像長得快一點喲，呵呵。」他自豪地向鄰居炫耀。

然而結果呢？農夫前一天晚上拔過的穀苗後來全部都枯死了。

不久前聽到一個中學生自殺的消息。該學生每天都要奔波於學校和補習班之間，由於對自己的人生感到悲觀，所以向朋友表明了要自殺的決心。現在的孩子每天一放學就馬上又要去補習班，待上完各類型的補習班後，很晚才能回家。

看到現今的教育狀況，我常常會想起上面這個《莊子》中講過的故事。父母的望子成龍是不是在把孩子逼上絕路？

這使我想起住在美國的一位教育學博士，他在看到韓國的教育現狀後所講的一番話：

學習，不是多花時間就可以做出成績的，行之有效的學習需要集中的注意力，而集中的注意力又離不開內心的平靜。

「韓國家長們的教育方式使孩子的注意力越來越低下。在學校裡學完還要再到補習班學習，他們的這種訓練方式實際是在使自己的孩子花4個小時、6個小時去學別的孩子在2個小時就可學會的東西。」

父母這種望子成龍的急切心理，卻使他們透過這種降低注意力的訓練模式，將自己的兒女塑造成傻瓜。認清這樣一個現實，實在是很叫人心痛的。如今大部分孩子都在補習班學習，原本集中學習一次就可以的內容，卻分別透過學校、補習班、家庭教師等途徑一再重複。但這種教育方式是不可取的，父母這種希望孩子在學校得到90分或者100分的心態，實際上是在把孩子加工成傻瓜。

有一次，聽一位從以色列旅行歸來的前任校長說起他的經驗之談。當時他訪問了一所學校，看到那裡的學生每天上午只是學習《聖經》和《舊約律法書》以及進行冥想，但卻沒有什麼正規授課時，便向那所學校的校長問道：「高三的學生如果不多花點時間學習的話，高考的時候不會亮紅燈嗎？」那所學校的校長邊笑邊給他展示以前的資料，原來資料顯示，他的學生當中，能考進美國頂尖大學的不勝枚舉。對此那位校長坦露了自己的見解，「所謂學習，不是多花時間就可以做出成績的，行之有效的學習需要集中的注意力，而集中的注意力又離不開內心的平靜。」這就強調了冥想的重要性。那位校長介紹起自己的學校來，充滿了自負。

與其花大量時間坐在書桌前，倒不如平心靜氣地集中精力，更能取得好的成績。不能只爲了那種迫切的心情，而強迫自己去學習那些從小就厭煩的東西。相反，應該先弄清楚自己爲什麼要學習，這樣才能引起強烈的學習動機，並促使自己對學業產生興趣，從而取得優異的成績。這才是祕訣之所在。

欲速之所以會不達，是由於人們誤以爲成績是與時間投資的多寡成比例的。因此，過多的時間投入會導致學無餘力，學無餘力自然不能夠有效地集中精力，而集中精力又是至關重要的。

那麼如何才能夠做到精力集中呢？

還有一個故事說比爾·蓋茨年輕的時候，有一次，他從IBM接了一張訂單，爲了要完成這個設計方案，他返回公司徹夜工作了三天才完成了那個設計。像這樣的欲望與熱情，不是受別人驅使而產生的。**要做到精力集中，最大的動力來源就是熱情，而渴望得到自己想要的東西的那種熱情，就是集中精力的源泉。**

對於年紀尚幼的學生來說，賦予其學習的動機比強制他學習更重要得多。那些不用功的學生所需要的不是規定，而是動機。對於大人來說也是如此。先認清自己想要的是什麼，一旦產生了朝向那個目標前進的熱情，那就會比任何人更竭盡全力。懶惰，是興趣的問題，而不是自制力的問題。

我常常捫心自問，自己眞正想得到的、能足以讓我產生眞正熱情的到底是什麼？我的生活之所以會散漫懶惰，那是因爲我失去了追求理想的熱情。如果我處在一種被熱情所鼓舞的高漲情緒之中，那就絕不會給別人懶散的形象。讓我們捫心自問吧：我的夢想是什麼？我的目標是什麼？我追求的是什麼？我現在又爲什麼而集中精力？

法則，破壞的法則

故事

古老的謎語

有一隻熊從一個位置出發後，「向南走了1公里，之後改變方向，向東走了1公里，又向北走了1公里」，就回到了牠出發的地方。請問，這隻熊是什麼顏色的？

讓我們看看這隻熊所走的路：

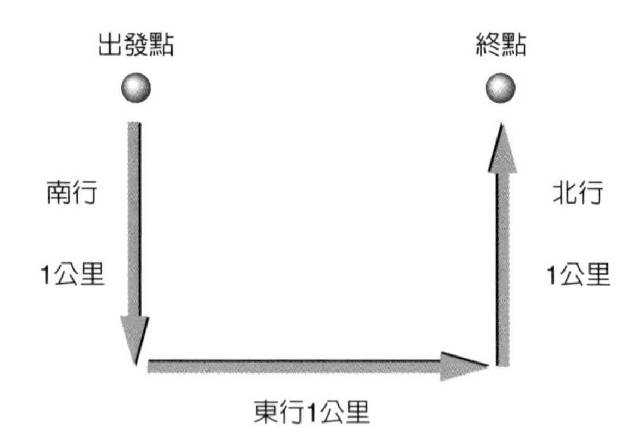

按照箭頭方向移動的熊所到達的地方是其最初出發的位置。也就是說出發點和終點是相同的。這種荒唐的事情有可能發生嗎？

謎語的正確答案是白色，因爲牠是北極熊。也就是說，這隻熊向南走1公里，向東走1公里之後，再向北走1公里，又回到原來的那個出發點，就是北極點。如果看著地球儀想想的話，就比較容易想通了。

這個問題中的熊是從北極點出發的。如果把這隻熊的移動路線連結起來，就會得到一個三角形，因爲熊是直線移動的，所以將牠走的路連結起來的話，會是一個三角形。然而，這就出現了一個疑點。將這隻熊的移動路線連接起來，得到的是一個三個角都成90度的三角形。向南走再向東走的話就構成一個90度的角，向東走再向北走構成的也是一個90度角。結果就得出一個結論，熊的移動路線所形成的三角形內角之和大於180度。這就有違於三角形內角之和爲180度的基本數學原則。

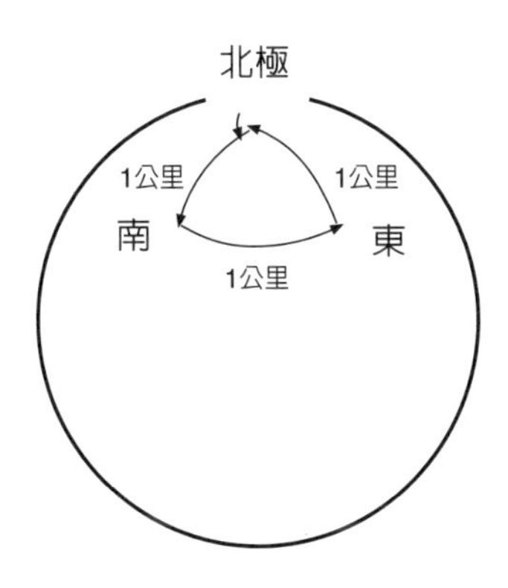

要想更簡單地理解熊的移動路線所形成的三角形，可嘗試在一個球上畫三角形。在一個圓形的球面上畫出一個各角都是90度的三角形並不難。如果把地球想像成一個球，那麼從北極點出發向南走，改變方向再向東走，然後再向北走。這樣所經過的路線就肯定是一個三角形，而其內角和也大於180度。

故事25

古老謎語的另一個答案

按照前面所說的，如果從北極出發向南走1公里，改變方向再向東走1公里，之後再向北走1公里的話，就會回到最初的出發點。那麼就是說，在地球上唯有在北極才能實現這樣的旅行嗎？然而事實上，除了北極還有別的地方。那是哪裡呢？

讓我們再看看故事24中講到的那個古老的謎語，這關係到一種被稱作「非歐幾里得幾何學」的新幾何學的誕生，約兩千年前古希臘的數學家歐幾里得（Euclid）所著《幾何原本》（*Stoicheia*）一書奠定了數學界的基礎。歐幾里得在定義、公理和公設的基礎上制定了數學思考方式的出發點。《幾何原本》中介紹了幾何學的五條公設，其中第五條公設尤其受後人關注。所謂公設就是不要對方做出任何證明，只要想當然地予以接受即可的東西，而且任何人都不會質疑而理所當然地便將其作爲思考的出發點。

歐幾里得的第五公設是這樣說的：「過直線外一點有且僅有一條直線與已知直線平行。」

過直線外一點只有一條與已知直線平行，這就是歐幾里得要人們不予質疑而想當然予以接受的內容。當然這是指在平面幾何範疇內。歐幾里得之後的許多數學家甚至以爲第五公設純屬多餘。認爲以其餘四條公設就足以推理出這第五條來。

實際上，第五公設就包含著三角形內角和是180度這一事實。許多數學家並不將三角形內角和爲180度當作想當然的事實予以接受，而試圖去證明這一點，然而都失敗了。這就使幾何學面臨一個轉折點。

俄羅斯籍數學家尼古拉·伊萬諾維奇·洛巴切夫斯基（Nikolay Ivanovich Lobachevsky）與匈牙利出身的數學家博利亞（J. Bolyai）說，「三角形內角和爲180度，這是無可證明的事實，只能想當然地予以接受。如果三角形的內角和大於或者小於

180度的話，那就會出現一門不是歐幾里得幾何學的新幾何學。」洛巴切夫斯基的父親是偉大的數學家高斯（Karl Gauss）的學生，他爲了證明歐幾里得第五公設而費心竭力，最終死於神經衰弱。在臨終的時候，他對兒子留下了這樣的遺言：

「千萬千萬，不要碰歐幾里得的問題。如若要去做那無謂的證明，必然會虛度此生，鬱鬱而終。」

洛巴切夫斯基不理父親的遺言，仍然投身到證明第五公設的工作中去。和父親一樣，他也失敗了，但是他的努力卻將這項工作帶到了新的轉折點。他拒絕了「三角形內角之和是180度」的說法，而接受了「三角形內角和可以大於，也可以小於180度」的假定，從而創造出完全不同於歐幾里得幾何學的一種全新的幾何學。這門嶄新的幾何學在對地球或者某天體進行整體研究時，比已有的幾何學更爲有效。洛巴切夫斯基在歐幾里得認爲「地球是平的」這個基礎上，打破了幾何學相關概念的框架。

愛因斯坦（Einstein）給予洛巴切夫斯基很高的評價，認爲「他是敢於挑戰公理的人。敢於挑戰公認眞理的人，即使不會挑戰自己的生命，也會向一切學術上的理論做出挑戰。」而愛因斯坦自己也對傳統的物理學提出了挑戰，並開創了新的物理學。

當破壞了舊的法則時，新的法則就會誕生。當然並不是無條件的破壞，而是有「建設性」的破壞才有意義。上文提到北極熊所畫的三角形，給我留下了格外深刻的印象。當那個內角之和大於

180度的三角形被勾勒出來的時候，我的感覺就像是被當頭棒喝。

儘管這個古老的謎語破壞了原有的法則而帶來了新生事物，然而，在面對故事25中提出的問題時，我感覺這個謎語又成了阻礙想像力發揮的攔路虎。

對於故事25，我們應該從與故事24完全不同的角度去考慮。所謂向東走是沿著緯度走的。試著轉動地球儀，雖然赤道附近的緯度線非常長，但極地附近的緯度卻相對很短。思考一下，在地球上向東走1公里又回到原地的是在南極附近。因此故事25的思考方向應是，從那個向東走1公里會回到原地的位置上向北走一公里。也就是說，從那個位置上向南走1公里，再改變方向向東走1公里，之後向北再走1公里，就能夠回到最初出發的位置上。

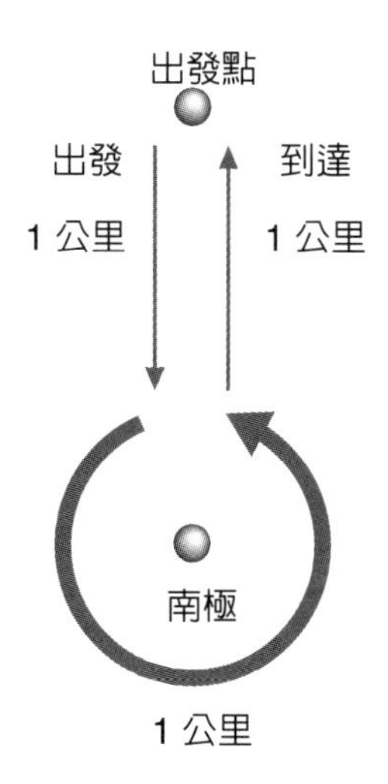

小熊維尼歷險記

故事

小熊維尼尋找羅賓

金黃色的夏天就要結束。克里斯多夫．羅賓想對他親愛的朋友維尼說些什麼，然而，卻又不知道從何說起，躊躇半天終於也沒有說出來。最後只對維尼說道：「維尼呀，即使我不在你身邊，你也要記住。你比你想像中更勇敢，比看起來更堅強，比外表看上去更聰明。」

夏天過去，秋天的第一天來了。維尼去找羅賓時，發現他不見蹤影。維尼不知道羅賓去了哪裡，但卻在他的蜂蜜罐子裡發現一封信。然而，維尼看不懂羅賓的信，他的好朋友跳跳虎、小豬，還有灰驢咿唷和小兔子瑞比也看不懂。於是他們就拿著信去找貓頭鷹。貓頭鷹把羅賓的信唸出來給維尼和他的好朋友們聽：

「親愛的維尼，我去一個很遠的地方了……幫幫我……還有，非常遙遠的……骷髏……」

貓頭鷹磕磕巴巴地唸信，說「預感不妙哪」，並憑著自己的直覺看出了羅賓這封信內容的不尋常。最後貓頭鷹得出了這樣的結論：

「羅賓被抓到一個可怕的骷髏洞裡去了。他現在處境非常危險，必須馬上去救他才行。」

爲了營救羅賓，維尼和他的朋友朝著有骷髏恐龍生活的山洞出發。當然，貓頭鷹只是嘴裡說說，他是不會眞的參加這樣的冒險的。不過，貓頭鷹畫了一幅標有骷髏洞位置的地圖給他們，那是一幅連貓頭鷹自己都沒有去過的未知世界的地圖。維尼和他的朋友們就帶著那幅地圖，踏上了尋找羅賓的征途。

充滿恐懼的歷險開始了。風聲就像鬼哭一樣地在耳邊呼嘯，如果不小心一腳踏空，還會從萬丈高的懸崖掉下去。就在這樣的恐慌中，維尼努力地想，希望記起羅賓對自己說過的那句話。

「你比你想像中更勇敢，比看起來更堅強，比外表看上去更聰明。」

然而，維尼卻怎麼也記不起這句話。如果能記起羅賓的話，肯定會給自己莫大的力量和勇氣的……結果，維尼和朋友們在經過百般曲折之後，決定丟掉貓頭鷹畫給他們的那幅鬼地圖，要憑自己的判斷去尋找骷髏洞的位置。聰明的兔子瑞比想令大家堅信貓頭鷹的地圖，但是維尼和朋友們讓他意識到，應該相信自己的判斷而不是那幅地圖。

歷險的過程異常可怕。在這可怕的歷險過程中，朋友們都想記起羅賓對自己說過的話，可是卻始終記不起來。就在這時，他們偶然地發現了骷髏洞。那個洞是由一塊巨大的冰塊造成的，裡面住著令人毛骨悚然的骷髏恐龍。怎樣才能把羅賓從骷髏恐龍的手裡救出來呢？

維尼和他的朋友在洞口猶豫不決，恐懼地顫抖著。雖然想要把羅賓救出來，可是一想到那令人毛骨悚然的骷髏恐龍，便寸步難移渾身顫抖起來。

這時候，維尼和朋友們想起自己爲了找到這個洞而經過的各種經歷。在這次歷險過程中，小豬表現得那麼勇敢，跳跳虎那麼地強壯，小兔子瑞比又是那樣地機智。這時，尼和朋友們方才想起羅賓說過的話。

「你比你想像中更勇敢，比看起來更堅強，比外表看上去更聰明。」

想到自己的勇敢、堅強和機智無比，他們決定不顧一切進洞裡去救羅賓。就在那時，一個令人毛骨悚然的骷髏恐龍的影子向他們走來，當他們全都呆住了的時候，才發現，原來走出來的那個影子正是羅賓。

朋友們：「羅賓，你還好吧？」

羅賓：「你們肯定花了好長時間才找到這裡吧。」

朋友們：「你是怎麼能從骷髏恐龍那裡逃出來的呢？」

羅賓：「骷髏恐龍？哪有什麼恐龍？我是去學校了，以後我要上學了。」

其實，羅賓留下的那封信內容是這樣的：

「不要擔心我。我不是去很遠的地方，我去學校了。」

原來粗心的羅賓將學校（school）寫成了「skool」，而貓頭鷹錯把「skool」理解成了「骷髏」（skull）。

從學校回來的羅賓，又見到了他的好朋友，他們一起從洞裡出來，原來那個可怕的冰洞，也只不過是一個小小洞穴。

維尼：「哦？那個洞怎麼變得這麼小了？」

羅賓：「我聽別人說過，當孤獨和害怕的時候，就會對所有的東西都感到恐懼。」

維尼和羅賓一起回到了家，他們的友誼更深厚了。

我可愛的小女兒每天都要看兩遍小熊維尼的錄影帶。有時候我陪她一起玩，便會一起看兩遍小熊維尼。動畫中加進了好多誇張的成分，讓小熊維尼和他的朋友萬分恐懼的骷髏洞，實際上只是個很小的洞穴，他們掉下去的萬丈深淵也不過是一塊稍大一些的巖石。

在今天讓我們倍感吃力與辛苦的生活負累，在日後回頭看時，是不足掛齒的。

然而，這些在充滿驚恐的孩子眼裡，或許就眞是那樣令人毛骨悚然。又或者，在今天讓我們倍感吃力與辛苦的生活負累，在日後回頭看時，亦是不足掛齒的。

是不是我們比那些孩子更膽怯、更軟弱、更無知呢？我是不是就像故事中的貓頭鷹那樣，凡事都想憑自己的感覺與心情去掌握，只流於口頭忠告而不會眞正去冒險，還不負責任地畫出從未到過的地方的地圖？又或者是像兔子瑞比那樣故作聰明，卻又被一張無謂的地圖蒙蔽眼睛的人？捫心自問吧，你會不會像小熊維尼那樣，有勇氣去將親愛的朋友從骷髏洞裡救出來呢？

無論如何，和可愛的小女兒一起反反覆覆地看錄影帶，我也不知不覺記住了羅賓對他那永遠的好朋友小熊維尼說過的話：

「你比你想像中更勇敢，比看起來更強壯，比外表看上去更聰明！」

思考創造富人

不要全盤接受別人的祕訣，那只能作為參考；同樣地，不要把自己的經驗、要領和祕訣強加於別人。

故事

求職面試的評價標準

應徵者：全志遠 **面試官：羅社長**

論理性思考	根據事實情報的想法	C	A：積極採用 B：可以採用 C：保留判斷 D：保留採用 E：不可採用
	展開推論的連接性	B	
職業性態度	熱情	A	
	專業態度	B	
選擇性思考	彈性	A	
	戰略性思考	A	
聯繫、交流	表達能力	B	
	語言號召力	C	
道德性親和力	交際能力	B	
	倫理意識	C	
綜合意見	整體上看是優秀的人才。他希望加入到研究開發部門，但從他的經歷來看，也可以考慮戰略開發室職員一職。他的選擇性思考能力比論理性思考能力更強，所以希望能夠在戰略企畫室從事事業開發業務。此人的特點是，他的個人熱情比道德性親和力更強。		

透過電視，我們能看到任何色彩。然而，我們所看到的有色彩都是由紅、綠、藍三色的搭配調和出來的。電視機的映像管將這三種顏色恰如其分地調和，就成了我們所能看到的色彩。由三種顏色調和出所有的色彩，這使得電視機的存在成爲可能。

研究情感智商的學術領域認爲，人類也存在著如紅、綠、藍三原光一樣的基本情感，通過這些基本情感的配搭組合，人類便可表現出各種各樣的感情。暢銷書《情感智商》（*Emotional Intelligence*）的作者丹尼爾．高爾曼（Daniel Goleman）是哈佛大學的著名心理學教授，他認爲感情的構成要素主要有「憤怒、悲傷、害怕、幸福、愛、吃驚、厭惡、羞恥感／責任感」等八種基本情感。通過這些基本情感的調配，便可組合出各種各樣的感情。

構成富人智慧的要素有現實的思考、挑戰精神、人際關係和實踐。

把握住某一事物或現象的構成要素是很有用的。其構成要素是否絕對正確，或者能否添加進別的要素，這些都不怎麼重要。如果這些構成要素能有助於整理自己的想法，或者能成爲開發更好想法的利器，這就足夠了。

藉由故事27我們可以認識到，在評價一個人的時候，能夠依據具體的評價標準才算是有效的。我們常說，健康的三要素是「吃的、做的和想的」。只有同時滿足這三方面的要求，才能維持身體健康。牢記這健康的三要素將非常有助於我們維持身體健康。

又比如說，減肥的三要素和健康的三要素也是一樣的，「調整飲食，適當運動，保持愉悅平和的心態」，只有如此才能達到控制體重的目的。過分控制飲食或過量運動反而會有害健康，導致減肥失敗。透過具體的構成要素進行思考，就像是有一雙能綜觀全局的眼睛，時刻盯著由構成要素所組成的整體，使其保持均衡，不致朝向某一方向傾斜。找出事物的具體構成要素，將有助對事物整體形象的理解和把握。

那麼造就富人的智慧中到底都包含哪些構成要素呢？我想主要有以下四項：。

富人的智慧＝現實的思考＋挑戰精神＋人際關係＋實踐

把握住造就富人智慧的這四要素，將非常有利於閣下調整自己的頭腦。現在，就讓我們先看看它們各自的特點。

＊現實的思考

想在商業上取得成功，必須要立足現實進行思考。有邏輯地、合理地，並以數字為準繩地思考，是保護自己的最大力量。有些人喜歡夢想，而且是一味徒然地空想。這種人口才與計畫都很好，但實際上大部分卻不能成就任何事。他們只在概念的層次上進行思考，容易被人欺騙，而且很容易犯下錯誤。

所謂現實地進行思考，是指能夠具體地看到事物的細節，能夠有邏輯地、徹頭徹尾地進行分析，能夠透過立足現實的資訊思考問題。如果能夠這樣現實地進行思考，便自然能夠正確地把握事情的發展和變化。

＊挑戰精神

所謂挑戰是指一種勇氣，一種冒險的精神，看問題時從大處著眼。在急速變化及發展的現代社會中，要求的就是要有創造力。在二十一世紀的社會，我們要具備與衆不同的視角及與衆不同的思考方式，而要具備這創造力的最基本條件，就是要有挑戰精神。

富有挑戰精神的人通常都是主觀能動性較強，想像力豐富，擅長進行全新思考的。他們由於好奇心強，而且或多或少都有其乖僻的一面，因此在性格保守的人眼裡看來，他們甚至是有些危險的。不過他們考慮事情的眼光出衆，善於提出奇思妙想，具有出色的洞察力。

＊人際關係

最能恰當反映人際關係的就是情感智商，情感智商高的人能夠充分掌握他人的情感與感受。他們感情豐富，注重個人體驗，並能有效地自我調節情感。情感智商高的人非常善於社交，人際關係圓滑。

情感智商高與感性是兩個截然不同的概念。感性的人反而不能很好地控制自己的感情，經常會無意中流露出來。我們應該努力成爲情感智商高的人，而不是感性的人。

情感智商高的人通常具有喜歡音樂、相信靈魂等特徵，而且喜歡在某一件事情上埋頭苦鑽，並滿懷熱情地對待每一件事。在重視個性張揚的全球化現代社會當中，對情感智商的要求舉足輕重。爲了正確處理人際關係，人們需要培養尊重他人個性、學會掌握對方情緒及感受的能力。

＊實踐

有許多人很聰明，也極富創造力及熱情，但業務成績卻不很出色。儘管他們頭腦很好，知識也很豐富，但是他們的實踐能力卻有所不足。相反，我們常常可以看到一些人雖不是很聰明，也不很博學，但僅憑著出色的工作能力，便能取得相當好的業績。這些便是實踐能力非常出衆的人。

為了正確處理人際關係，人們需要培養尊重他人個性、學習掌握對方情緒及感受的能力。

創意與將創意付之於實踐，是兩個不同層次的問題。一般來說，創造力越高的人實踐能力便越差。**要實踐，需要的是一個具體的行動「劇本」，而不僅僅是創意**。嚴密計畫，遵守規則，從而給對方以信任感，這是實踐能力出色的人的特徵。他們不是像抓住浮雲那樣去構思創意，而是要通過具體的實踐將事情推向成功。

造就富人的四項要素中，相信大部分人都具備當中的一、兩條，但要同時齊備四項卻非易事。我藉由這四項要素向各位介紹了成爲富人所需的智慧，但還要注意防止出現偏重的傾向。沒有自身的積極努力，這四條要素便不能夠有效地發揮，就像用慣右手的人不能純熟地使用左手一樣。讓我們想像一下籃球運動員吧，籃球運動員不論左手或右手都應該能夠運用自如，而足球運動員則應左右腳同樣純熟。只有這樣，才能夠別具創意地「遊戲」起來。

現在，讓我們對四項要素都加以培養吧，這是對自己投資的第一階段，也是最爲重要的投資。

先給予，後索取

故事

甘地的一隻鞋子

有一個故事是說甘地一行人準備搭乘火車時發生的事。上車的時候，甘地掉了一隻鞋子到車站月台下，但礙於人群擁擠，因此沒法下去撿回鞋子。直至火車要開動了，甘地脫下腳上的另一隻鞋子，並把它丟到了月台下。同行的一個人看到後問他，「你怎麼把鞋子丟掉了呢？」

「鞋子只有兩隻在一起時，才有存在的價値。反正我已不能取回另外一隻，但若別人撿到了，不是也只有撿到兩隻才有用嗎？」

在美國卡內基梅隆理工大學的報告中，對一萬名認爲自己人生失敗的人進行了題爲「你失敗的原因爲何」的問卷。結果顯示，僅有15%的人回答原因在於自身欠缺專業技術或知識，其餘85%的人都認爲原因是未能維持良好的人際關係。我們在現實中所經歷的問題，有80～90%都是由於人際關係失敗所帶來的。或許你也有同感，但事實是，人際關係是最重要

人際關係中最大的錯誤是人們選擇了「take and give」，而不是「give and take」。

也是最難以處理的問題。

人際關係中最大的錯誤是人們選擇了「take and give」，而不是「give and take」。正如自己想先索取，之後再給予別人一樣，對方也希望能夠先索取。當然，沒有人會說，「我先索取，以後就不給予別人什麼了。」所有的人都會說，「我拿多少，以後也給別人多少。」然而，這卻並非上策。**如果要建立眞正良好的人際關係，那就先施予吧。對方一定會如數還給你的**。嘴上說「give and take」，那在行動中就不要「take and give」了。你的朋友不是壞蛋，他是知恩圖報的人，我們需要這樣的信任。如此一來，要做到「give and take」也就簡單了。

常常聽有些人說自己絕對不會接受別人半點幫助，就像電視劇中那些演員，總會帶著自豪與信心說：「我不會沾丈母娘家一點光。」有些人以爲獨自承擔所有的一切才更灑脫、更有意義，所以絕不依賴任何人。當然，比起那些只知依賴別人的懦弱者來說，靠自已而取得成功的人確實很瀟灑。然而，不接受別人幫助的人也不會對別人提供協助。越是這樣的人，其人際關係就越不圓滿。並不是單靠自己努力所得來的成果才有價值，如果欣然接受別人的幫助，不僅能夠帶來自身的成功，還能夠帶來他人的成功，那才更有價值。

有些人常常會對別人感到失望，有時更會因爲一件小事而對朋友的缺點感到扼腕不已。爲了維持良好的人際關係，我們應該牢記「人無十全十美」的道理。朋友也是人，無論是誰令你火冒三丈，想要再想「人無十全十美」這句話。與此同時，想想他對自己好的時候，那麼那個人的優點與缺點就會像一張資產負債表那樣一一地浮現出來，從而得出他的優點多於缺點的結論。看到對方缺點的時候，讓我們積極一點，想想自己能爲對方做點什麼吧。

每個人的背後大約都站著250個關係比較密切的人，這就是世界上最偉大的推銷員喬·吉拉德提出的「吉拉德法則」。

任何人都有缺點，沒有毫無缺點的人。正因爲有缺點，才使得我們有必要從整體來對其人格進行評價，而不是一味厭惡。當然這不是說要和所有人都成爲朋友，對於那些人格上有所欠缺、合不來的人可停止交往，但不要因爲一個小缺點而失去一個好朋友。

每個人的背後大約都站著250個關係比較密切的人，這就是世界上最偉大的推銷員喬·吉拉德（Joe Girard）提出的「吉拉德法則」。推銷人員由於業務上的緣故，會定期互相聯繫，這也是他們最重要的業務之一。記得常常聯繫一下久違的朋友吧，如果斷了聯繫，多了陌生，那麼心靈的距離也會變得疏遠。除了取得事業的成功之外，處理好人際關係也十分重要，而且，說到幸福的人生，和親密的朋友聯繫一下，不也是一大快事嗎？

來吧，聯絡一下你的親密朋友吧！想想「先給予，後索取」的道理，即使曾經發生過什麼不愉快，但如果那不愉快的回憶不足以代表那朋友的全部，那麼，你就先伸出歉意之手，問候一下吧！

還要尋找其他可能性

故事

找出不同

從下面幾個人中找出不同於其他四人的一個。

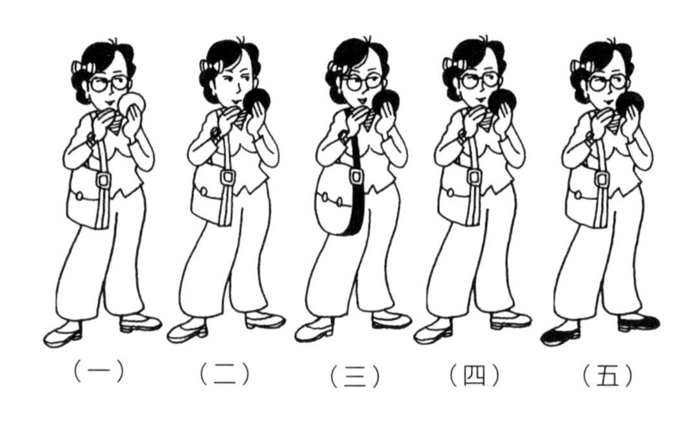

你認爲第幾人是不同於其餘四人的呢？

有人認爲是第一人。除第一人之外的其餘四人照的都是黑色的鏡子，而只有第一人的鏡子是白色的。

有人認爲是第二人。因爲除第二人外，其餘四人都戴眼鏡。

有人認爲是第三人，因爲只有第三人的書包不同。

有人認爲是第五人，因爲只有第五人穿著不同顏色的皮鞋。

你又怎麼認爲呢？你以爲當中哪一個才是正確答案呢？

或許你已經猜到了，出題人的意圖就是要說明，其實第四人才是眞正與其餘四人不同的。這是因爲除了第四人以外，其他人都各有一個「與其餘四人不同的特徵」，而只有第四人沒有這種「不同於其他四人的特徵」。

在解決問題過程中做出判斷時，最重要的就是自己的思想與經驗。

通常來說，我們可以將判斷某件事情時常用到的幾種方式分爲：感覺型，直觀型，瞎掰型。有些人並不靠任何依據而憑自己的感覺決定事情，這可稱之爲「感覺型」，有些人在自己的經驗基礎上靠直觀進行判斷，這叫作「直觀型」。不論「感覺型」還是「直觀型」，都尙且算是有據可依，但有些人卻是不管三七二十一隨便選擇一個，並不顧一切堅持自己的正確性，這就是「瞎掰型」。

在解決問題過程中做出判斷時，最重要的就是自己的思想與經驗。無論誰都不會超出自己的切身經驗，這就是說世界上任何事情都不會無中生有。腦袋靈光、富於創意的人，他也只是在自己原先的思想與經驗的基礎上，進行有效調和的結果，而不是從「無」中創造出了「有」。因此要萌生出全新的創意，只能立足豐富的思想與經驗的基礎之上，而且還要能夠將諸多創意融會貫通起來。

但是，假若只依賴自己的片面經驗，也是很危險的一件事。當然，人們應該通過經驗學習，但我們應注意的是，自己所看、所經歷的並不是普遍情形，而是非常特殊的情況，否則就如盲人摸完象後就驟下結論認爲大象是和蛇一樣細長的動物般。所以，我們不要犯這種性急的錯誤。

故事29是我個人非常喜歡的一個問題。我們在學校裡學習的是怎麼尋找已定的正確答案，然而，在社會上卻幾乎不存在這情況，我們往往需要自己找出正確答案。當然，有些事情還是存在已定的正確答案，但是，我們在社會上所經歷的事情，大部分都屬於要在紛繁的答案中找出最正確一個的情況。

常常見到固執堅持只有一個正確答案的人，這些人大部分是被自身的經驗框架所束縛。然而在資訊流量日益增加，並且以高速變化發展的現今社會，堅持一個正確答案會是件非常危險事。

在變化幅度不大的社會中，有效繼承已存在的方法是非常重要的。但在今日，通常一覺醒來後，都會迎來新的變化，在這樣的情況下，好好學習現存的方法固然有其意義，但有效適應新生事物、創造出與衆不同的新思想與新創意，才是更重要的。有些預測認爲，三十年後的各種行業中，有90%都是目前並不存在的新職業。如果是這樣的話，比起認眞熟悉和學習現存方法的能力來，是不是更快適應新生事物、不斷創造出新意的能力，才是更加重要的呢？因此，當今社會需要富有創造力的人才。富有創造力的人的特徵就是不會滿足於一個正確答案，即使自己眼裡只看到一個正確答案，他也不會滿足於此，而會繼續思考其他方法與更多的創意。因爲，如果不滿足於單一答案，而繼續思考更多的可能性，便有機會靈光一閃，出現一個創新意念。

不要被個人經驗所束縛，嘗試積累更多的經驗。

獨特而出色的創意，大部分都出自豐富的思考與經驗。有些起初看來非常奇怪的東西，慢慢累積起來最後就會出現變化。即是，量的膨脹帶來了質的變化。

讓我們再看一下故事29，究竟哪一人才是不同於其他四人的呢？有些人往往在腦海中出現一條思路的時候，會就此止步，越是缺乏創造力的人，越會被自己的一兩種思路所束縛。不要在原地踏步，不要滿足於那一兩種思路，再繼續尋找其他的可能性吧！**不要被個人經驗所束縛，嘗試累積更多經驗，它可以讓一個人變得更睿智更強大。但若受制於自己的一兩種經驗而不去思考其他更多的可能性，經驗反而會變成新思路的絆腳石。**

讓我們關注一下事物的多樣性吧！讓我們從自己的片面思考中掙脫出來，站在更寬闊的視角上進行判斷吧！讓我們嘗試找出第二個或更多的正確答案吧，說不定新的可能性會指引你通向成功的捷徑。

讓我們相互肯定相互稱讚

故事

皮格馬利翁效應

1968年，美國的教育學者羅森塔爾（R. Rosenthal）和雅克布森（L. F. Jacobson）對舊金山一所小學的650名學生進行了智力測驗。隨後隨機抽取了20%的學生，然後將名單交給學校的老師，並聲稱這些都是「被客觀地判定爲智力及成績都有很大潛力」的學生。當然，這都是爲了隱瞞教師與學生而編造的謊言。

8個月後，他們再次對全體學生進行了智商測定，並與第一次的結果做比較。結果令人吃驚，名單上所有學生的平均智商指數都遠遠高於其他學生，而且學習成績也比以前大幅提高。這是老師們對名單上的孩子有所期望，從而對他們提供了額外關照與稱讚的結果。這些備受關愛的孩子感受到老師的關心，從而改變了學習態度，提高了學習積極性，結果連學習能力也得以隨之提高。

即使對方起初只是那種並不足以讓我們寄予希望的人，只要我們眞的信任他並付諸行動，那對方也可能會如我們所願地發生變化。這種存在於我們心裡的神奇能力，被稱爲「皮格馬利翁效應」（Pygmalion effect）。

通過皮格馬利翁效應，我們可以看到稱讚和積極想法的力量是何等巨大。因此我們應該充分肯定自己，同時不要吝嗇對公司同事的讚譽。這是能夠讓自身得以發展，讓公司取得成功的祕訣，也是能讓我們時刻充滿生氣與歡樂的祕訣。

我們在學校裡會遇到很多位老師，有些老師讓我們沮喪或者變得消極；也有些老師給我們自信，激勵我們更加努力學習。同樣地，我們在社會上也會遇到很多人，有些同事打擊我們的意志，讓我們猶豫不前，「我怎麼不能這樣呢？我能做得了那件事情嗎？」但另一方面，與某些同事聊天，卻能讓自己勇氣倍增，勇往直前。

人們常常想藉由改正自身缺點而變得更加強大，但是改正缺點是不能變強大的，反而應該開發自身優點以完善自己。

我們有一種錯誤的想法，認爲擅長批評別人的都是博學之人，特別是那些想賣弄聰明的人，尤其喜歡對別人橫加批判。但是，批評別人或者指責別人的弱點，不僅會破壞和睦的人際關係，而且會帶來與皮格馬利翁效應相反的效果。換言之，對原本有能力做得好的人給予心理上的打擊，會導致事情的挫敗。

即使如此，仍有許多人喜歡藉由批評來指出對方的缺點，他們或者帶有不良的目的，或者不承認自己是在指責別人的缺點。但實際上，批判別人是這些人的習慣，而且有這種習慣的人通常都會爲自己辯解，「指出對方缺點是給他一個改正缺點、取得進步的機會」。

這種想法是錯誤的。人們常常想藉由改正自身缺點而變得更加強大，但是改正缺點是不能變強大的，反而應該開發自身優點以完善自己。記住下面的話吧：

「人無十全十美。」

我不能把任何事情都做到完美，也沒有必要去做一個能把任何事情做到完美的人。

「人生就是選擇。」

結果會因選擇的不同而相去千里。不是要將所有的事情都做好，而是選擇自己所需要的，去把它做好。閣下會選擇什麼呢？當然你應該選擇做得最好的，你的同事亦是如此。選擇自己做得最好的事情並投入全力，就能夠取得豐碩的成果。

發揮你的優點，忽略你的缺點吧！只要不是致命的缺點，對自己及同事的缺點就應該予以忽略。因爲如果只著重改正缺點，便不能夠發充分揮自身的優點。時間不會等你，我們的遊戲是要在規定時間內做出點成績來。因此，選擇很重要，你的焦點應該放在自身的優點，而不是缺點上。

現在，結果就很明確了。**將重點放在自己的優點上，自我稱讚與激勵吧！**你是可以眞正做出一番事業的人，你的同事也是有很多優點的人，找出他的優點，盡情稱讚吧，他也可以做出許多成績來的。

稱讚可以帶給人歡樂，豐富我們的人際關係，而且可以給予對方心靈上的支持，使之發揮出自身能力130%的能量。與此相反，如果不信任你的同事，給其否定的評價，那他只能至多發揮出自身能力的70%。

稱讚可以給予對方心靈上的支持，使之發揮出自身能力130%的能量。相反，給其否定的評價，那他只能至多發揮出自身能力的70%。

從今天開始，讓我們發現自己、同事、家人及朋友的優點，相互肯定相互稱讚吧，這樣我們就會永遠充滿歡樂，事事都有所成。

懷疑你的直觀吧！

故事

三個直觀問題

問題1：某網站約有20萬名會員，你覺得當中有沒有頭髮數目相同的人？

問題2：想像一下足球賽場上，雙方22名隊員加上裁判共有23個人，你認爲他們之中，有沒有生日相同的人呢？你覺得這其中有的可能性大或者沒有的可能性較大？

問題3：在前往濟州島的飛機上，遇到了小學時喜歡的一位女同學。這樣的偶遇是很少見的，簡直是命中注定，拜天所賜。你認爲呢？這樣的相逢眞的是命中注定嗎？

故事31中提出的都是有些荒唐、無厘頭的問題。但是，問題本身並不要求給出一個正確答案，而只是自己直觀的想法，所以，只要逐一按照實際所想作答即可。首先，讓我們通過你的直觀一起來具體地思考一下。

1. 20萬人中有沒有頭髮數目相同的人？

20萬人中會有頭髮數目相同的人嗎？當然有那樣的可能性。但然而這個問題的答案是肯定的，也就說如果有20萬個人，那其中頭髮數目相同的人肯定有兩人以上。爲什麼呢？怎麼才能說明這一點呢？你怎麼解釋呢？

首先，人的頭髮數目通常不超過10萬根。讓我們這樣考慮：

我們給這20萬名會員每人都發一張與頭髮數目相同的號碼，那麼所有的會員就會都拿到一張從1到10萬不等的號碼。接著讓我們想一下，共有10萬間房間，而房門上分別貼著從1到10萬的號碼。現在讓所有的會員按照自己手中的號碼找到相對應的房間。

會員共有20萬人，房間有10萬間，即使每間房間各只進一個人，也仍有10萬名會員留在外面。因此必然有兩人以上會進入同一間房間。而如果一間房間同時進入兩名以上的會員，也就是說，他們拿著相同的號碼，即，頭髮數目是相同的。而考慮到一般人的頭髮數目爲「8萬到10萬根左右」的話，就可以知道頭髮數目相同的人會有很多。

故事當中的證明方法非常有用，這被稱作「鴿巢原理」（pigeon principle），在間接證明某件事情時簡單而行之有效。下面對這個「鴿巢原理」作以下幾點說明：

1. 100隻鴿子進到100個鴿子巢中，如果這時沒有空的巢，那就是說所有的鴿巢中都有一隻鴿子。

2. 假如100隻鴿子全部進到99個鴿巢中，那麼至少一個以上的鴿巢中會有兩隻以上的鴿子。

最初聽到「鴿巢原理」的時候，覺得非常幼稚，「什麼，還有這樣的東西？理所當然的事也拿來算，這是什麼原理？」然而，一般不能被證明的許多事情，都可以通過這個原理得以證明。牢記「鴿巢原理」，那麼你的思維就會被大大拓寬了。

運用「鴿巢原理」就可以說出如下的話：「不管在什麼地方，如果有367個人在一起，那麼當中必定會有兩個以上生日相同的人。」爲什麼呢？試著用「鴿巢原理」說明吧。

2. 23個人中可能存在生日相同的人嗎？機率高嗎？

23人當中生日相同的人存在的機率有多大呢？起初聽到這個問題時，會覺得這個機率非常低。但若我們精確一點計算的話，就知道這機率大於二分之一。換句話說，這23個人當中，存在生日相同的人的機率，要比不存在的機率更大。

大部分的人並不能夠當下就接受這個事實，這是因爲與自己的直觀想法相差太遠的緣故。人們思考的誤區通常是這樣的：例如，在除去裁判的22個人當中，會有與裁判生日相同的人嗎？或者會有與洪明甫生日相同的人嗎？如果這樣想的話，故事就變得截然不同了。在22個人當中存在與洪明甫生日相同的人的機率是很低的，也就是說，運動場上的23個人當中，與自己生日相同的人存在機率非常低。

然而，非特定某一個人的這23人當中，生日相同的人存在的機率卻比我們想像中要高得多。尋找與某個特定的人生日相同的人，與尋找任意兩個生日相同的人，這是截然不同的兩個層次的問題，把我們導入誤區的就在於此。

先讓我們看看一個較簡單的例子：

四個互不相識的人，當中至少兩人在同一月份出生的機率是多少？

假設第一人於一月出生，第二人同是一月出生的機會爲$\frac{1}{12}$，即是他們不同月份出生的機會爲$\frac{11}{12}$；

再看第三人，他和之前兩人不同月份出生的機會爲$\frac{10}{12}$；

第四人和之前三人不同月份出生的機會爲$\frac{9}{12}$；

把這三個數字相乘，得出的便是四人出生月份全部不相同的機率，即：$\frac{11}{12}\times\frac{10}{12}\times\frac{9}{12}=57.29\%$

換言之，四人之中有至少兩人在同一月份生日的機率：

$1-57.29\%=42.71\%$

接著該我們回到足球場上，23個人當中，至少兩人生日相同的機率爲：

$$1-\frac{364}{365}\times\frac{363}{365}\times\frac{362}{365}\times\cdots\cdots\times\frac{343}{365}=50.7\%$$ 。

即是說，23人當中，有至少兩人生日相同的機會略高於二分之一。由此算來的話，40個人當中，存在生日相同的人的機率有89%；50人時機率爲97%；假若增至60人，機率便高達99%。也就是說，當有60人在一起，如果當中沒有生日相同的人，反倒是一件怪事了。

因此，遇到與自己生日相同的人的機率，要比想像中大得多。人們總以爲遇到這種巧合的可能性小之又小，但實際上這樣的事情是經常發生的。當你去看棒球比賽的時候，在那裡不僅可能甚至遇到與你生日相同的人，甚至遇到與你同年同月同日生的人的機率也很高。

3. 在去濟州島出差的飛機上，碰到小學時喜歡的女同學。這樣的偶遇機會果真是少之又少的嗎？

在去濟州島的途中偶遇念小學時喜歡的女生，就認爲是命中注定，這是因爲人們認爲這樣的偶然少之又少，機率非常小。然而，這樣的事情卻要比想像中多得多。儘管對那些因爲這種偶遇而結婚的人說這種話很抱歉，但正如之前面對問題2所做的解釋一樣，這樣的事情是比想像中要多的。

想像一下，如果自己念小學時喜歡的女生只有一位，而自己命中注定偶遇的地方就是去濟州島的飛機上，那眞可稱得上是命中注定的偶遇。但是，如果當時喜歡的女生有許多，而自己又沒考慮過發生這種偶遇的具體地點，那麼這種事情肯定是要比想像中的發生機率要高。當然，並不是經常會發生的，否則也不能叫作命中注定的了。

在特定地方、特定時間遇到特定某個人的機率是非常小的，但在非特定的場所、非特定時間遇到非特定某個人的機率，則比想像中高得多。這是由於我們對可能性與機率的問題並不熟悉，因此使我們的直觀想法與現實間出現了巨大差異。

下面講的是一個直觀感覺失誤的故事。

故事32

辛普森悖論

某政黨要在A和B之間選出一名作爲總統候選人，該政黨爲選出擁有較高國民支持率的一個，於是決定進行民意調查。由於民意調查不能局限於某一特定地區，便在慶尙道與全羅道範圍內展開，結果如下：

A在慶尙道的支持率爲30%，在全羅道的支持率爲40%。

B在慶尙道的支持率爲25%，在全羅道的支持率爲35%。

僅就結果來看，你是否認爲在全國範圍內，A比B能夠得到更高的支持率呢？

按照我們的直觀想法，理所當然A會比B得到更高的支持率。

然而，如果把兩個地區的民意調查合起來，會不會出現局勢逆轉的情形呢？

當然，我們認為那種事情是不會發生的。但是，讓我們看看有關A與B民意調查的資料：

	A的支持率	B的支持率
慶尚道	30% （18,000名支持／60,000名）	25% （2,000名支持／8,000名）
全羅道	40% （8,000名支持／200,000名）	35% （21,000名支持／60,000名）
合　計	32.5% （26,000名支持／80,000名）	33.8% （23,000名支持／68,000名）

按照上述資料，A在慶尚道和全羅道都比B得到了更高的支持率，但是，如果把兩個結果合起來看的話，便會發現B比A得到了更高的支持率。你能相信這份紀錄嗎？或許你會覺得可能是計算錯了，就讓我們確認一下這些數字。

在將小範圍內處於優勢的部分相加計算出整體結果的時候，有時會發生逆轉的現象，叫作「辛普森悖論」，這是根據英國統計學家辛普森（E. H. Simpson）的名字命名的。這種現象常常發生在我們意想不到的地方，讓我們大惑不解。最具代表性的例子就是，為對製藥廠生產的藥品效果進行測定，男女分組進行比較的結果，與男女一起進行總體比較的結果剛好相反。當然，在選舉中也會發生這樣的情況，在所有地區中都占優勢的候選人，結果卻在整體合計的時候落敗了。本來我們想當然的直觀想法瞬間便被否定了。

恰當適用「那個」

故事

夢中被殺的男人

有個忠誠的女教徒不能忍受她的丈夫不去教會，於是強行拉他一起去做禮拜。她的丈夫雖然不得已到了教會，但還是不堪牧師沉悶的講說而打起盹來。他在睡夢中夢到自己被黑幫拉到一間地下室，那些黑幫拿刀子架在他的脖子上，眼看就要捅下去。這時他的妻子看到他在打盹，於是想叫醒他，便拿扇子打了一下他的脖子，恰巧這時，她的丈夫在夢中夢到被黑幫用刀子刺了下去。這個可憐的丈夫由於極度的刺激引起瞬間休克，死掉了。

究竟這個女人是有罪還是沒有罪呢？

對於故事33的情況，一般首先會做這樣的思考：是不是真的有可能由於在夢中經歷的極度刺激，從而會在外界的一點衝擊下喪命呢？這種睡夢中受到的極度刺激，是不是真的會導致死亡呢？但無論如何，我們終究無從確知，那個丈夫究竟是不是由於被扇子輕輕打了一下而死去的。

事實是，故事33講述的情形根本就是假的，這個故事在結構上就是矛盾的。你是不是已經猜到了呢？

因爲，我們根本無從知道那個丈夫的夢。他是在睡夢中死去的，他在夢中的情形是無法向任何人傳達的。你應該很快就能看破，這個故事從開始就有著這種結構上的矛盾。

有人輕易就被別人的話所蒙蔽，也有人能正確地指出別人的錯誤並予以糾正，這主要是性格上的問題。有些人性格細致入微，有些人性格只從大處著眼、不拘小節，因此經常犯下一些小錯誤。那些對具體與現實思考不足而只知說大話的人叫作夢想家。但無論多麼出衆的創意、多麼優秀的戰略，如果不能夠具體實現也是無用之物，未能具體看待事情的人，應該改善一下自己的性格。以下是三個容易誘人失誤的問題。

三個問題

問題1：有個農夫在他的農場裡養了17頭羊。有一天他的羊除了剩下的9隻外，全部跑掉了。那麼農場裡還剩下幾隻羊呢？

問題2：一瓶葡萄酒的價格是10美元。有人問酒瓶的價格是多少，主人回答說，酒的價格比酒瓶的價格要貴9美元，葡萄酒的價格又是酒瓶與酒的價格之和。那麼酒瓶的價格是多少呢？

問題3：一個掛鐘兩點報時用了2秒鐘，那麼三點報時要用幾秒鐘呢？

問題1的正確答案應該是幾隻呢？對問題注意不夠深刻的人會回答「17－9＝8」隻。問題中的「除了」這一條件誘導人們進行的是減法運算。然而，進行減法運算就錯了。讓我們好好讀一下問題，題目中說「除了剩下的九隻外」。那麼還剩下的是幾隻呢？正是九隻。

問題2中葡萄酒酒瓶的價格是多少呢？如果對這個問題想得太過簡單，就容易掉進數字的陷阱。一瓶葡萄酒的價格，是由酒瓶的價格與酒的價格兩部分構成的，如果不仔細考慮，就會做出「10＝9＋1」這樣的計算。好好看看題目，並不是葡萄酒的價格比酒瓶的價格貴9倍，而是說酒的價格比酒瓶貴9美元。而「10＝9＋1」這個算式不是酒比酒瓶貴9美元，而是貴出了9倍。正確的計算應該是「10＝0.5＋9.5」。因此葡萄酒的酒瓶應該爲0.5美元。

問題3也是類似的情形，根據題目條件就容易做出「兩點報時用2秒，那麼三點報時就用3秒」這樣的錯誤判斷。但實際上，如果兩點報時用2秒的話，那麼三點報時應該需要4秒鐘的時間。因爲第一下與第二下之間的間隔是2秒，即是每多報一下需要2秒，故此，三點報時共需用上4秒。

你答對了幾題呢？即使你沒有做出正確答案也不要緊，因爲這些問題旨在考驗你會不會出現失誤。

許多人在觀察具體細微事物方面的能力有所欠缺，如果在生活中一再出現注意力不集中的現象，那麼隨著時間的流逝，漸漸就會養成慢性的壞習慣。我也是在不知不覺中變成了一個對「不注意」失去知覺的人，這種具體思考問題的錯誤是個習慣上的問題。

「那個」是個非常有意思的語言現象。當處境尷尬或者找不到合適的詞彙表達的時候，「那個」就成了非常有用的救命符。在搞笑電視節目《Gag Concert》的「生活方言角」中，也可以常常聽到「那個」的聲音。比如，「這話說起來有點那個」、「今天我的心情特別那個」、「你小子和順姬那個了吧」。「那個」的使用沒有時間和地點限制，也不分三六九等的差別。

儘管「那個」用起來很舒服，但如果習慣了使用這種模糊不清的表達方式，只會讓人的思維也越來越抽象。當然，這種模糊抽象的思考方式對於萌生出好的創意，以及參透別人所未及理解的事情非常有利。但在有些必須要對客觀事實本身進行正確理解，並透過明確的判斷依據透徹觀察事物的時候，再使用起「那個」來就有些勉強了。「那個」固然有用，但在需要進行冷靜和明確的判斷的時候，就得透過更加細致具體的表達方式來進行思考了。

有些人對事情本身並不能夠正確客觀地理解，而總想按照自己

的方式解釋問題並解決問題，這樣就必然會犯錯誤。仔細想來就會發現，這是由於自己經常會把腦中任意閃現的想法當作事實根據的緣故。要想不犯錯誤，就必須透過明確的根據來對事情進行分析判斷。當然這並非易事，下面再介紹兩個很有趣的問題。

故事

有關賽跑的兩個問題

問題1：假設你現在正在賽跑，你超越了排在第二位的選手，那麼現在你是第幾名呢？

問題2：你在賽跑中超過了排在最後一位的選手，那麼你會是第幾名呢？

故事

自動提款機

美國城市銀行（Citybank）的一個職員爲顧客想出了一個好點子。爲了解決無法隨時爲顧客提供現金提取服務的難題，他建議設立「自動提款機」這樣一種裝置。但銀行的管理階層都反對他這個「可笑的」建議。

「自動存款機也就罷了，但引進這種自動提款機只會讓錢流失得更快，造成存款金額下降。你到底是怎麼想的？」

然而，這個提出設立「自動提款機」建議的職員卻不這樣想。他認爲，顧客會更傾向於存更多錢至能夠方便提錢的銀行。事實證明這個職員的想法是正確的。自動提款機的設立，使城市銀行的存款金額在短期內上升了三倍，而且節省了櫃台工作人員的人力，取得了一石二鳥的效果。

讓我們從這個自動提款機的故事中，找一找帶來創意的方法吧！在這裡有兩點值得注意：

一、靈活運用反向思維

首先應該注意的部分是關於「方便提錢」的想法。銀行是吸引顧客存款的地方，一般通常會認爲「怎樣吸引更多的存款」才是銀行關心的焦點所在。如果只將焦點集中於特定的部分，那樣就會局限於在焦點附近的一定領域內進行思維，但是如果人們的思維只停留在一定的領域之內，就不能超越固定領域進行思考。因此，如果僅靠一般模式進行思考，必然會被局限於特定思維模式之內。想有創意，就應該靈活運用反向思維，有意識地突破固定思維的局限。

> **想有創意，就應該靈活運用反常思維，有意識地突破固定思維的局限。**

「怎樣才能更快地提取現金？」讓我們自由運用這種反向思維吧！**同時我們應把反向思維與正向思維融合起來。只單單停留於反向思維也是沒有任何意義的，只有將反向思維的模式導入到正向思維的範圍內時，思維的限度才會被大幅拓寬**。這種方法正是立足於愛德華・德・波諾（Edward de Bono）所說的橫向思維最基本的觀點之上。

要想獲得革新的創意，那就先在你的身邊嘗試一下反向思維吧：

- 公司：職位越高薪金越少。

- 超市：買得越多折扣越少。
- 團隊：經理是故意犯錯誤的。
- 廣告：將焦點集中於產品的缺點進行宣傳。
- 飯店：客人想付多少錢就付多少錢。

但僅停留於進行這樣的反常思維是不會得到任何結果的，讓我們再試著把這些反向變成正向：

- 公司：職位升得越高，薪金就拿得越少。
  - ➧級別上升而薪金降低，可以使其更側重於公司的整體利益，切實爲公司的經營擔負起責任來。
- 超市：買得越多折扣越少。
  - ➧將這策略適用於卷紙的銷售上。買10卷的話折扣2%，買1卷的話則折扣10%。通過促使顧客經常小量購買這種生活必需品，從而培養出一批經常光顧的客人。
- 團隊：經理故意犯錯誤。
  - ➧這樣可以表明，經理也是會犯錯的普通人，從而可以促進團隊的和睦和諧。
- 廣告：針對產品缺點做廣告。
  - ➧將自己努力改正產品缺點的形象示人，從而獲取顧客的信賴。
- 飯店：顧客想付多少錢就付多少。
  - ➧一般說來，客人付多少錢就可以享受到相應價錢的餐飲服務，但是，先用餐後付帳可以成為一些高級餐館獨樹一幟的市場運作手段。

你可以藉由各種方法將反向思維與正向思維融通起來，隨著融通途徑的不同，還可以得到更多新的創意。你也可以在自己的工作中嘗試那些無謂的反向思維方式，結合自身情況，進一步找出與正向思維融通的方法。

越善於進行果斷的反常思考，就越能得到更多的新的創意。

二、判斷事情的勇氣

其次值得注意的部分是對事情的決斷。有好的創意，與具體對其進行抉擇判斷是不同層次的問題。在故事36中，並不是所有的人都同意那個職員關於設立自動提款機的建議。一般來說，所有人都同意的建議不會有太大的效果，而越是標新立異的創意，便越會遭到較大的反對。這時候就需要對事情進行判斷。

一般CEO（Chief Executive Officer）掌握公司50%的價值，這就直接說明了CEO的決斷，對公司的命運有著舉足輕重的影響。這情況同樣適用於個人。除了個人的能力與努力之外，會對生活帶來很大影響的，就是決斷。通常來說，並不是由於我們沒有創意而不能夠發揮出有創意的生產力，大部分情況是，儘管有很豐富的創意，卻不能夠從中做出一個恰當的抉擇。

最近在報紙上看到一篇關於一次頗具創意的面試的報導。該文章說，有個人在求職面試中被考官要求進行自我介紹時，他先從椅子上站起來轉了一圈，然後才開始自我介紹，考官稱讚他的自我介紹很有創意。實際上，能想到從椅子上站起來轉一圈並不是一件很難的事，只不過，按照當時的情形，要恰如其分地將這種想法付諸行動是有一定難度的。許多決斷似乎要依據冷靜理性的判斷來實現，然而，決斷主要是一個判斷的問題，而不是決定的問題。擁有這種能依據自身的思考進行判斷，並將其付諸行動的勇氣，能夠不斷萌生出新的創意。

如果說，能夠靈活運用反向思維創造出標新立異的點子就是頭腦的作用，那麼能從諸多創意中選出某一個並具體付諸實踐，便可以說是內心的職能所在。心胸寬廣有助於進行靈活的反向思維，海闊天空、富於想像的性格有利於活躍反向思維。但若將其適用於現實問題上，則還需要富於邏輯的冷靜頭腦。

結果不難看出，豐富的創意需要同時具備頭腦和內心。靈活運用你的頭腦與內心世界，喚醒自己體內沉睡的創意之神吧！面對紛繁思緒，讓我們用冷靜的判斷去獲得勇氣，去做出決斷吧！

故事

可怕的「龍哥」

一個年輕人在一間小酒館打工，他總是害怕那些喝醉的人會尋釁滋事，然而周圍的人都告訴他，「來這家酒館的都是好人，不會發生這種事情的，你儘管放心吧！但是有一個叫『龍哥』的人很可怕，如果他來了，你一定要跑快點，這樣才能保住性命。」年輕人到酒館工作後，一直平安無事，但突然有一天，酒館外面傳來了人們驚恐的叫喊聲：「龍哥來了！」一瞬間，酒館就像變成了可怕的地獄一樣，顧客全都逃走了。年輕人正不知所措時，一個身高2米，體重看起來有300多磅的巨人走進了酒館。他一腳將擺在門口的桌子踢到一邊，撲通一聲坐在了椅子上。年輕人被嚇破了膽，站在那裡瑟瑟發抖。

「拿酒來！」

年輕人非常害怕，不敢正眼看巨人一眼，只把一瓶上好的酒遞給了他。只見巨人連酒瓶一起吞了下去，從椅子上站了起來。年輕人鼓足了勇氣問道：

「再來一瓶嗎？」

這時巨人看著瑟瑟發抖的年輕人說了些什麼呢？

我喜歡和朋友以一種一問一答的方式來對話，就是像小時候猜謎語一樣。我喜歡猜謎語這種遊戲，因爲猜謎語可以使平時受限制的思維自由馳騁，就像煙霧飄散在空氣中一樣，使我的思考擺脫規範等束縛，開始自由地發揮。故事37最後提出的問題就是一個像猜謎語一樣有趣的問題。

讓我們用猜謎語的方法來繼續講述故事37吧！你將怎樣回答這個問題，你將怎樣結束這個故事？對於一些幽默的提問，有些人不喜歡事先準備好答案，卻會即興地創造一些有趣的答案。例如，故事37中的巨人站起身來說：

「不能再喝了，我怕龍哥會來，他一來我就必死無疑了，還喝什麼呀，得趕快跑了！」

人們常說幽默感是構成領導能力的基本要素，它與創造力有著異曲同工的效用。**具有幽默感的人組織能力比較強，他們可以透過有效的溝通與他人維持良好的人際關係**。他們思維活躍，應變能力較強，而且不受傳統觀念和思維的束縛，比較容易發揮想像力。幽默感是很有價值、很重要的一種素質，當然對你來說也是不可或缺的。努力使自己成為一個充滿幽默和智慧的人吧！

具有幽默感的人思維活躍，應變能力較強，而且他們不受傳統觀念和思維的束縛，比較容易發揮想像力。

再介紹幾個有趣的幽默故事：

問題1：某個校友會決定要制定一些相關規則。衆前輩由於看不慣後輩的某些言行而心存不滿，為了對校友會進行更好的管理，他們認為有必要制定像「校友會憲法」這種要絕對遵守的規則。這個校友會的規則共有兩條，內容如下，請你在括號中填充，完成第二條規則。

第一條，前輩總是正確的。

第二條，如果前輩錯誤的話，（　　）。

問題2：這是發生在英國的一件趣聞。剛從獸醫學校畢業的某個年輕人想要步入政壇，他決定要參加國會議員的選舉。他在大學期間修過很多政治學的課程，對政治理論瞭如指掌，而他的競爭對手是一位多次當選的優秀議員。在聯合選舉政見發表會場，年輕人首先發表了演說，當他正要離開演講台時，他的競爭對手，即現任議員走上演講台，拍了拍他的肩膀諷刺說：

「你的專業是獸醫學是嗎？給動物治病的人在政治領域如何治病呢？」

如果這個年輕人當時吞吞吞吐吐無言以對，他很可能就會落選了。然而，他幽默的回應，卻使他最終贏得了選舉的勝利。當時他是如何回答的呢？

問題3：一位年輕的新聞記者採訪法國著名的政治家喬治・克里蒙梭（Georges Clemenceau）時問道：

「至今爲止，您所見到的政治家中，誰是品行最惡劣的一個？」

「目前我還沒有發現品行最惡劣的政治家。」

「眞的嗎？」

這時克里蒙梭是如何回答的呢？

幽默故事的答案

問題1：「請參照第一條。」

問題2：年輕人立刻回答：「您是不是哪裡不舒服呀？」

問題3：「在某個人正要成爲最惡劣的政治家之時，總有更惡劣的人在這時出現。」

幽默並沒有固定的正確答案，你可以用自己的思維來做出有意思的回答。

故事

電影中的故事

在一齣電影裡，凱文・科斯納（Kevin Costner）飾演一個高爾夫球教練，他遇到了一夥小流氓，並向他們出了一個謎語，正在他們被謎語搞得暈頭轉向不知所措時，有一位漂亮的姑娘出現，並正確地回答了那個問題。問題如下：

「兒子與父親一起乘車出門，由於發生了交通事故，他們被送往醫院。兒子和父親分別被送往兩家不同醫院。兒子昏迷不醒躺在急診室的手術檯上，醫生進來後看了病人一眼後，拒絕做這個手術，理由是醫生不能親自為自己的兒子做手術。這是怎麼回事呢？」

你知道正確答案嗎？說自己不能做這個手術的醫生是兒子的母親。這是個很著名的謎語，因為它的正確答案需要你打破醫生大都是男性的傳統觀念。你的思維必須要活躍，必須要有豐富的想像力，才能衝破傳統觀念的束縛，找出正確答案。

為了拓展你的思維，以下再舉幾個例子：

問題1：一名女患者在某個綜合醫院中被害。這名女患者是在急診室接受治療時死亡的，在斷氣之前，她指著急診室6名醫生中的一人說：「我被強暴了，凶手就是……」因爲這名女患者是在臨終之前用顫抖的手指證凶手的，因此她所指的方向根本不明確。爲了調查此案，警長親自來到現場，雖然線索並不明朗，但他還是一下子就找到了凶手。警長如何能這麼輕易地做出判斷呢？

問題2：醫院的職員問一個剛從手術室逃出來的患者爲什麼要逃跑，患者回答說：「天啊，護士說：『不要害怕，盲腸手術很簡單，你難道不做嗎？』」

這個患者爲什麼聽到這句話就逃了出來呢？

問題3：一名男子在雨中散步，他沒有打雨傘，也沒有戴帽子，因此他全身都被淋濕了。然而他的頭髮卻一根也沒有濕。爲什麼呢？

問題4：有一對今年已經80歲的老夫妻，他們從結婚那天開始，每天早晨都要去教堂祈禱，從不間斷，但是去年2月他們卻只去過10次。不是說他們每天早上都去祈禱從不間斷嗎？爲什麼他們去年2月只去過10次呢？

問題5：有一位患有糖尿病的男子，每星期有5天都要去綜合醫院的眼科。爲什麼呢？

問題6：5與0比賽，5取勝；5與2比賽，2取勝。如果2與0比賽，誰會贏呢？

問題7：報紙上有一個直徑20公分的圓洞，如何才能使籃球從這個洞中穿過，而又不弄破報紙呢？

問題8：在銀行將1萬元面額的紙幣換成了1萬枚1元面額的硬幣。如果從這些硬幣中數出1千元需要5分鐘，請問數出7千元需要多長時間？

問題9：在下面的括號中填上合適的數字

1 + 4 = 5

1 + 3 = 6

3 + 5 = 2

4 + 2 = 4

2 + 5 =（？）

問題10：A和B在貼有「軟座2千元，硬座1千5」的售票窗口買票。A將2千元遞給售票員，售票員問：「軟座還是硬座？」但是當B將2千元遞給售票員時，售票員卻沒有問他買哪種票，而直接給了他一張軟座票。這是怎麼回事呢？

小時候喜歡玩的猜謎遊戲一般都是需要有豐富的想像力，似乎那種只要求正確答案是什麼的形式並不吸引我們，這種一問一答講故事的方式對我們來說更有意義。

謎語答案

問題1：6名醫生中只有一名是男性，其他都是女性。

問題2：護士是對第一次做手術的醫生說那句話的。

問題3：這個人是禿子，所以不可能有被淋濕的頭髮。

問題4：這對老夫妻是去年2月18日結婚的，從結婚這天開始，他們每天早晨都去教堂。

問題5：這個人是眼科醫生，他在綜合醫院上班。

問題6：0會取勝。這只是將「剪刀石頭布」形象化了而已。

問題7：將籃球的氣全部放掉，這樣它就能穿過了。

問題8：數出7千元錢只需要15分鐘。因爲只要從1萬元中數出3千元拿出來就可以了。

問題9：答案是3。這組等式的規律是，等號兩邊的所有數字之和是10。

問題10：A遞給售票員兩張千元鈔票，而B卻遞給售票員一張千元鈔票和兩張五百元的鈔票，所以售票員沒有問他。

創作劇本

故事

買電視的大叔和大嬸

一名男子和一名女子正在一家大型家電商場前商量著什麼。原來他們是夫妻，是一起出來買新電視的，但此時他們在發愁，因爲他們想買的電視比想像的要貴一些。他們本來計畫要買3萬元的電視，但他們看中的電視要3萬6。於是，他們決定把原本計畫想在外面好好吃一頓的3千元晚飯錢拿去買電視。但即使如此，也只有3萬3，還差3千，這可愁壞了他們。這時，丈夫先說話了：「我知道該怎麼辦！交給我吧！」

於是，儘管似乎還有些緊張，但丈夫還是以威風凜凜而又不失禮節的態度走進了商場。他叫來售貨員。

「這3萬6的電視3萬3賣給我吧。我不多說了，可以的話就賣給我，不能賣就算了。」

面對這位先生威風凜凜而又不失禮節的態度，售貨員面帶難色，她的答覆是：「這是商場統一規定的價格，沒辦法。」

「不行就算了。」丈夫大吼一聲，離開了商場，售貨員也沒有挽留他。

丈夫的方法以失敗告終。於是，夫婦倆又到了旁邊的一家家電商場，這次該妻子去試試了。

妻子走進商場，一邊看商品一邊向售貨員問這問那。

「別的商場也都逛了。對了，這裡的品牌和別的商場都一樣嗎？」

「是的。」

「但這裡是自選，好像更方便些啊！」

「是啊，您能這麼想眞是感謝。有什麼要求儘管提，我將盡量滿足您。」

妻子一邊挑選電視，一邊向售貨員問這問那，不知不覺已經過去一個小時了。售貨員漸漸有些疲憊了，但她並沒有失去對待顧客應有的禮貌。妻子終於開始提起價格的問題了。

「我最喜歡那邊那個型號，就是那個3萬6的。可是，我只有3萬，怎麼辦啊？就算今天晚上不吃晚飯，把所有的錢都拿出來，也就只有3萬3。我只想買那種型號的，眞是沒辦法啊！」

妻子佯裝要走，售貨員攔住了她。

「那就3萬3賣給您。」

夫妻倆以理想的價格買到了理想的電視，丈夫怎麼也不能理解售貨員爲什麼打折出售了電視。而妻子卻明白這樣一個道理，就是：努力了一個多小時的售貨員是不會想白費心機的。

在電視劇和電影中有主角也有配角，當然也有臨時演員。我們每個人都想成為主角。如同電視劇中的主人翁，我們就是自己人生的主人翁。現在看看你的周圍，或者回憶一下在你身上發生的事情，你在這些事情中扮演的是主人翁嗎？抑或是臨時演員？

在前面的故事中，丈夫按照自己的心情和想法設置了一個情景，即和售貨員商量電視價格的情景，這情景就是丈夫自己創作的劇本。但是，丈夫好像沒看過多少電視劇，劇本雖是他創作的，但劇情並沒有按照他理想的方向發展，而且，他也沒有得到自己想要的東西，他分明不是一個好編劇。但妻子卻不同，經過一個多小時的努力，她終於使售貨員的心理發生了變化，結果，她的劇本按照想像的劇情發展了。

你擁有什麼樣的劇本呢？你生活的主人翁就是你自己，而且你不僅僅是主人公，同時也是導演兼編劇，你要導演自己的生活。當然，在撰寫劇本的時候，某些特定部分也要依靠別人幫忙，但總不能全都交給別人。人們常常喜歡這樣問：「你想要什麼東西？」或「你五年後的計畫是什麼？」等。擁有自己劇本的人很容易回答這些問題，而沒有自己劇本的人就會猶豫不決。當然，在故事39中，那個男子也是按照自己的劇本行動的。但是，劇本要全面、具體，更重要的是要現實。如果你是在別人的劇本中出現的人物，那你只要忠實於被賦予的角色就可以了。但如果你是導演、是編劇，你就也要照顧到別人的劇情，把握整體的氣氛，而且除此之外，你還要做很多很多事情。

不要成為別人劇本中的臨時演員，你要成為自己電影中的主角。來吧，從現在開始讓我們創作自己的生活劇本吧！自己做導演，自己演主角，那該多有趣啊！

每個人學習的方法不同

故事

牧童的盲腸手術

在一個村莊裡住著一個誠實善良的牧童。牧童盡自己的全力去做好自己的事情——牧羊。有一天他突然感到肚子如刀絞般疼痛，於是他立即被送到醫院，醫生給他做了急救手術。

「再晚一點盲腸就破裂了，眞是萬幸啊。」醫生說他患上了急性盲腸炎。他不知道什麼是盲腸炎，就很認眞地問醫生。

「簡單地說就是盲腸潰爛的疾病。其實，沒有盲腸也不會給生活帶來什麼障礙，相反地，不會像現在這樣突然產生嚴重的問題，這種病嚴重的時候會死人的。」醫生就盲腸炎給他做了詳細的說明。

幾天後，他出院了，並一如既往，全心全意照顧自己的羊群。可是沒過多久，他突然產生了這樣的想法：

「羊群當中如果有些羊像我一樣突然得了盲腸炎，該怎麼辦啊？牠們又不會說話，只能默默忍受著病痛直到死去。這樣可不行啊！」

他想應該把不會危及生命、但可能會突然出現問題，弄不好還有生命危險的盲腸從羊身上切除，就像打預防針那樣。

於是，他把所有羊的盲腸全部切除了。然而，卻出現了和預想完全相反的結果——羊全都死掉了。原來，對於羊這種草食動物來說，盲腸有幫助消化的重要作用。一旦沒有了盲腸，羊隻便會因失去了消化能力而死掉。於是，牧童失去了自己心愛的羊。

每個人都夢想成功。因此，人們都去向成功人士尋求成功祕訣。他們洗耳傾聽成功人士的經驗之談，反覆詢問如何才能成功，並且想學習他們所使用的方法。但是，無條件追隨成功人士的方法，卻未必全都能取得成功。我們都知道取得成功的有效方法是存在的，我們賦予它「祕訣」的名字，並不懈地尋找它。但是，當我們知道成功人士提出的祕訣對我們自身毫無幫助時，就會陷入絕望之中。爲什麼會這樣呢？

別人成功的祕訣不能成為我的成功祕訣，因為他和我互不相同。

原因很簡單，因爲每個人都是各不相同的，所以，別人的成功祕訣不能成爲我的成功祕訣。當然也存在著與我很相似的人，所以，別人的祕訣偶爾也可以成爲我的祕訣，但這情況卻極少出現。

因此，不要對任何人的祕訣都全盤接收，你應該尋找屬於自己的祕訣。有些老師要求學生學習他的要領和祕訣，但他們無法保證自己的祕訣就能有效地適應每一個學生，向這種人尋求祕訣還不如自己去尋找自己的祕訣。

假如你是某個組織的領導，地位就如老師般，你一定會想把自己的經驗強加於你的組織成員。但是你要明白，他們和你不同，人生不同，考慮問題的重點不同，學習的方法也不盡相同。**古訓說：「授其魚不如授其漁。」不要把自己的方法強加於別人，要幫助他們去尋求自己的方法，也就是教授他們「捕魚的方法」**。

天才音樂家貝多芬（Beethoven）有記備忘錄的習慣。據說，他每次突然有了作曲的靈感，就會把這靈感認眞地記到紙上。然而，他對於這些認眞記下的備忘錄卻不會再看第二遍。於是，周圍的人就問貝多芬：

「你爲什麼做了備忘錄但又不看呢？既然不看，爲什麼還要做備忘錄？」

對於人們的提問貝多芬這樣回答：

「我在做備忘錄的同時就把內容記到腦袋裡了，所以也就沒必要再看了。」

有人善於聽，有人善於看；有人喜歡直觀的東西，有人抱持懷疑態度，而且不接受未經過邏輯推理的結果；有人喜歡冒險，有人追求安穩。所以，人生是沒有正確答案的遊戲，這也是讓人生有趣的原因。

不要無條件追隨別人的祕訣。當然，從別人的祕訣可以學到很多東西，但那只能作爲參考。別人的東西不能全盤接受，去尋找只屬於自己的祕訣吧！

並且，不要把自己的經驗、要領和祕訣強加於別人。幫助他們去尋找自己的要領和祕訣，這才是對他們最大的幫助。

羅密歐與茱麗葉效應

故事

羅密歐與朱麗葉

羅密歐爲了見到他愛的女人羅貞娜，悄悄溜進了沒有邀請他的舞會。這個舞會是在羅密歐家族的仇人家裡舉行的。羅密歐在那裡第一次見到了茱麗葉，兩個人一見鍾情。

把甜蜜的初吻獻給羅密歐的茱麗葉，在得知他是仇人的兒子後顯得絕望，而愛上了仇人女兒的羅密歐也陷入痛苦之中。然而，兩人仍然苦心經營著他們這段與命運抗爭的愛情。

越來越相愛的他們遭到父母的強烈反對後計畫逃亡，但事情出了差錯，最終羅密歐追隨茱麗葉而死，茱麗葉也甘願隨羅密歐而亡。這段愛情故事一直流傳至今，象徵著至死不渝的愛情。

有一種說法叫「羅密歐與茱麗葉效應」，就是指父母越反對，兩個人的愛情就越深。

事實上，羅密歐很風流。他在遇見茱麗葉之前就已經有了相愛的女人。爲了去見相愛的女人而去參加舞會，卻又愛上了別的女人，這就是羅密歐。因此，人們常常提出這樣的疑問：「如果沒有父母的反對，還會有羅密歐和茱麗葉這段淒涼悲慘的愛情嗎？」

很多人都認為，如果沒有父母的反對，羅密歐和茱麗葉會很容易便會分手了，並且很快會各自與其他人墜入愛河。

實際上，心理學家做過類似的實驗，發現父母的反對越強烈，男女之間的愛就越深。這個研究結果表明了人類具有「**越讓你做什麼，你就越討厭做什麼；而越不讓你做什麼，你就越想做什麼**」**的心理。這種現象稱為「羅密歐與茱麗葉效應**」。

在以男女戀愛為內容的節目中經常會聽到「推、拉的故事」。無條件對你喜歡的人太好的話，有時會適得其反。戀愛高手主張：有時即使特別思念，不顧一切地想追求對方，在表面上也要裝作漫不經心。因此，他們強調戀愛需要許多特別的工夫。

常聽有些人說：「我的運氣好像眞的很差」、「我喜歡的人討厭我，而我討厭的人偏偏又喜歡我」。看來「羅密歐與茱麗葉效應」不僅出現於相愛的戀人和父母之間，好像也直接作用於男女關係上。而且，在我們日常生活的人際交往中，也都有「羅密歐與茱麗葉效應」。

如果媽媽大聲斥責不認眞念書的兒子：「臭小子，好好學習啊！」並強制他念書的話，在媽媽和兒子之間就很容易產生「羅密歐與茱麗葉效應」，這樣，兒子會反其道而行。同樣地，對於那些學習認眞的孩子，如果給他自由，他則會更認眞。

如果你很想和別人簽署某個合同，這時你越急反而越難達到目的，只有從全盤的角度爲顧客考慮，你才能避免「羅密歐與茱麗葉效應」。如果太積極接近對方，你就會犯和戀愛中一樣的錯誤，只能以失敗告終。考慮心理因素是更有效、更圓滿處理人際關係的必要條件。

「羅密歐與茱麗葉效應」在廣告和市場戰略中很適用，我們經常能看到利用「越不讓我幹什麼，我就越想幹什麼」的人類心理的市場戰略。

寫著「未成年者禁止觀看」的電影，往往吸引做成人打扮的學生排隊購票；「專爲女士而設的口香糖」廣告，則刺激了很多男人的好奇心。

從「鞭子和胡蘿蔔」的觀點來看「羅密歐與茱麗葉效應」，我們可以知道，如果只用鞭子，往往會適得其反，應適當地使用鞭子和胡蘿蔔，有效地維持「推、拉的關係」。**在人際關係中，不要片面地看問題，要從全面的角度考慮更多的東西，記住「羅密歐與茱麗葉效應」，會對你有所幫助的。**

故事

群眾心理實驗

實驗1：讓人們閉上眼睛，過72秒以後再讓他們睜開。然後，讓每個人寫下自己認為在閉眼過程中過了多少秒。

實驗2：讓人們閉上眼睛，過72秒以後再讓他們睜開。然後，讓每個人分別站起來說出自己認為在閉眼過程中過了多少秒。

你知道實驗1和實驗2有什麼差別嗎？實驗1中人們寫下的數值和實驗2中人們說出的數值有怎樣的差異呢？

如果做相似的實驗你會發現，實驗1中人們寫下的數值出現很大的差異。相反，實驗2中人們說出的數值卻顯示出很小的差異。實驗1中有寫30秒的、60秒的、90秒的、120秒的等等，人們會寫下各種不同的數值。但是，在實驗2中，人們說出的數值會很接近。例如，你認為大概過了90秒，但別的人都說在30～60秒之間，那你還會堅持起初認為的90秒嗎？還是會選擇一個接近這個範圍的數值妥協呢？從實驗2中可以看出，第一個人說出的數值會對下一個人產生很大的影響。通過這種實驗可以知道，在人群之間會形成一種群衆心理。

相信對於群衆心理的強大力量，所有人都有同感，如果形成了某種氛圍，個人最終會被淹沒在群衆之中。只要在人們聚集的地方就會產生看不見的群衆心理，例如投資股市，股價似乎是根據邏輯的分析和合理的決策形成的，但是，決定股價最重要的因素卻是群衆心理，而股價曲線圖實際上就是反映群衆心理變化的圖表。因此，數值分析固然重要，但首先要解讀群衆的心理。網路股興起時，在那史達克（NASDAQ）消失的錢眞是不計其數。現在想想，眞是有些驚訝，「怎麼能那麼盲目地投資啊？」以前曾有人用邏輯的論調對這種盲目的投資進行過批判。然而，他們也無法克服這種群衆心理，最終也融入大衆的潮流之中，成爲了「膽小之人」。

說到群衆心理，首先要澄清一個重要的事實，就是**群衆心理不是衆人平均的觀點，而是由幾個主導者造成的**。再來看一下故事42，實驗2中，人們說出的數字都在一個相似的範圍內。那麼，這個範圍是如何決定的呢？是人們心中所想的平均數值嗎？不是。它只反映了前面幾個人的觀點，第一個人的數值對於群衆心理的形成起著決定性的作用。

這就是心理學上的「定錨效果」（anchoring effect），即前面的幾個人放下錨，就會有很多船在這裡停泊。這種效果經常發生，例如，如果你向人們提問：

「土耳其有多少人口？」

對於這個提問，如同故事42，可以看到首先回答的幾個人的想法，會形成了群衆心理。首先回答的人放下了錨，後面的人就在那周圍停泊。我們嘗試把這個提問換成以下兩種形式：

1. 土耳其的人口是多於1千萬，還是少於1千萬？
2. 土耳其的人口是多於7千萬，還是少於7千萬？

這兩個提問誘導回答的人們給出了兩個完全不同的數値。對於第一個提問，大部分人的答案是多於1千萬，答案大體沒有超出1千萬的範圍；而對於第二個提問，大部分人都回答少於7千萬，這個數値也大體沒有超出7千萬的範圍。問題中提示的數値限制了人們的思維。有人利用這種「定錨效果」，當然也有人被這種效果迷惑。在很多方面都能找到相似的例子，在統計學的領域就偶爾會出現。因此，我們不能完全相信統計，問卷調查中問題的設計是很重要的。

我們看到，在形成群衆心理方面存在著如同能使船停泊的「船錨」。通常第一個數値，或是第一印象、第一個消息等，都起到這種作用。

事實上，對於個人來說，第一印象是最重要的。因爲大家對於某個人的評價，通常很容易會在第一印象處放下「錨」。第一印象並不只意味著一個好的外貌，鮮明的形象、熱情的態度和富有挑戰精神的風度等，都是第一印象，第一印象已經超越了單純的外貌，而包括更多更豐富的東西。

給人留下較好的第一印象的人，在其他方面都會得到良好的評價，心理學家稱其爲「月暈效應」（halo effect）。簡單地說，「月暈效應」就是生有一副好模樣的人，給人的印象是其他事情也會做得好。但是，僅僅模樣長得好是不能享受到「月暈效應」的。名校出身的人給人誠實、聰明的印象，這也是「月暈效應」的產物。向一家出版社投內容相同的稿件，稿件的水平根據作者的知名度會得到不同的評價。擁有成功事業的人會被認爲，即使在完全不同領域的事業中也能發揮他的才幹。根據不同情況，憑藉能下一步好的圍棋、打一桿好的撞球，也能獲得「月暈效應」。韓國的政界人士大部分都出身於幾所特定的大學，這也是「月暈效應」對群衆心理產生了巨大作用的例證。

你予人的第一印象對別人給你的整體評價有重大影響。開發你第一印象的長處，樹立自己理想的形象，構築自己的品牌效應。

現在，把「群衆心理」、「定錨效果」、「月暈效應」應用到我們的故事中吧！群衆心理的確能夠發揮很大的作用，因此，你一定要獲得大家的支持，至少也要獲得和你在一起的幾個人的支持。這種支持如同在「定錨效果」中看到的那樣，開始只是很小的一部分，要努力把這個起點創造出「月暈效應」。

總括來說，你要明白的是，你予人的第一印象對別人給你的整體評價有重大影響。僅憑一副好模樣和名校出身是不能享受到「月暈效應」的，你應該去尋找能發揮「月暈效應」的方法。開發你第一印象的長處，樹立自己理想的形象，構築自己的品牌效應。

「月暈效應」在人際關係中也占有很大的比重，就如同在男女關係中第一印象發揮著很大的作用那樣。

關於機率的複雜故事

故事

向王子求婚

古時候，鄰國有三位漂亮的公主來向英俊的王子求婚。王子依次召見了三位公主，並要從中選出一名作爲結婚的對象。選擇的結果要在一周後才宣布，公主們要苦苦等待一周。但其實王子在召見三位公主的當天，就已經決定要和誰結婚了，只是這個決定只有王子本人和他的祕書長知道。根據王國的規定，在一周內，這結果是不能向任何人洩漏的。

公主A的性格比較急，無法等待，一周的時間對她來說太漫長了，忍無可忍的她藉由說客居中牽線祕密會見了王子的祕書長，並向他詢問王子的決定。但是，忠於職守的祕書長表示絕對不能洩漏決定結果，斷然拒絕了她的請求。看到祕書長如此頑固，公主又說：

「和我一起求婚的公主中至少有一人不能和王子結婚。誰不能和王子結婚，只說一人不行嗎？因爲不管怎麼說至少有一人不能和王子結婚，這不能算作祕密。我只要不跟那個公主說不就行了嗎？」

祕書長考慮到這樣既能對公主A不失禮儀，又能在某種程度上保守祕密，於是就告訴了公主。

「公主B不能和王子結婚。」

祕書長走後，公主A高興地歡呼起來。

「起初，包括我共三位公主來求婚，現在，其中一個已經被淘汰。那麼我和王子結婚的機率就從三分之一提高到二分之一了。啊，多麼美妙的夜晚啊！」

那天晚上，公主A懷著快樂的心情躺到了自己的床上。然而，公主A的想法果真是正確的嗎？

在故事43中，真的像公主A所想的那樣，她和王子結婚的可能性從三分之一提高到二分之一了嗎？這種想法對她的精神健康會有很大的作用，也會讓她心情愉快，應該是一個不錯的想法。但是，她的結論是錯誤的。祕書長的回答沒有包含一點關於她的訊息，祕書長只說了和她不相關的訊息，即只涉及到了公主B和公主C。

我們假設王子的祕書長是針對公主B說這句話。如果王子的祕書長對公主B說她能和王子結婚或不能結婚等，這對公主A就是有用的訊息，這時，公主A和王子結婚的機率是二分之一或者完全沒有。但故事43的情況和這個不同，王子的祕書長不是針對公主B說的，而是針對公主A以外的其他公主說的。因此，祕書長的提示對公主A的情況沒有任何影響。

讓我們繼續把故事聽下去。假設多嘴的公主A把祕書長的話悄悄地告訴了公主C，那會怎麼樣？那樣的話，公主C和王子的結婚可能性將是多少？你是怎樣認爲的呢？

對於祕書長的提示，眞正應該高興的人是公主C。祕書長提供的情報使公主C和王子結婚的機率從三分之一增加到三分之二，即增加了一倍。

情況是這樣的：總共有公主A、公主B和公主C三個公主。起初，公主A、B、C和王子的結婚機率各爲三分之一。但是，祕書長只提到了B和C，而沒有提到A，這其中公主B落選了。這個訊息和公主A沒有一點關係，因此，公主A和王子結婚的機率依然是三分之一，而公主C則不然，公主C和王子的結婚機率是「1－1/3＝2/3」。因爲除去公主A剩下的公主B、C和王子結婚的機率是三分之二，而祕書長將其中的一名公主B排除了，所以，公主C就擁有了所有的三分之二的機率。

諸如此類關於機率的故事不太簡單。實際上，故事43和筆者另一作品《改變想法就能改變命運》中著名的「蒙提．霍爾的問題」有一脈相通之處。

以下再說一則有關機率的故事。

故事 

你的奮力一搏？

你去某家公司面試，公司經理提議和你玩擲骰子的遊戲。遊戲可以一直進行，直到第一次出現雙數，遊戲便結束。比如說，如果第一次就出現雙數，你可得200元，遊戲結束。如果第一次是單數，第二次是雙數，你將得到400元，同樣，遊戲結束。如果第三次才出現雙數，你將得到800元等等，依此類推。也就是說，擲骰子的次數越多，你就會贏得越多的錢。假如你擲了10次骰子才出現雙數，那你就能贏得大概10萬元（2^{10}×100＝102,400）。如果你擲了20次後才出現雙數，你將贏得1億元（2^{10}×100＝104,857,600）。這是一個超出想像的數額。如果雙數出現得更遲，你將贏得更多的錢。

經理說完了遊戲規則後，補充說：「參加這個遊戲要交一定的遊戲費。」然後，他問：「你交多少遊戲費參加這個遊戲？」你認爲比較恰當的遊戲費是多少呢？

你認爲交多少遊戲費比較合適？少交遊戲費對參加遊戲的人有利，但這樣遊戲的組織者就會損失。同樣，如果遊戲費很高昂，那麼參加遊戲的人就會吃虧。這該如何是好啊？

最普通的方法就是計算期待值。如果把參加遊戲的人平均能贏得的錢作爲參考值，這樣對雙方都是一場公平的遊戲。那麼，參加遊戲的人平均能得到的期待值是多少呢？一起來計算一下。

第一次就出現雙數的話，參加遊戲的人得到200元，這時的機率是二分之一。如果第一次是單數，第二次是雙數，則參加者得到400元，這時的機率是四分之一。如果在第三次出現雙數，機率爲八分之一，此時得到800元。用數學算式表示如下：

參加遊戲的人能得到的期待值

＝200×1/2＋400×1/4＋800×1/8＋1600×1/16＋……
＝100＋100＋100＋100＋……

期待值無限大。雖然我們憑直覺不能接受，但根據數學計算，期待值是無限大。如果相信數字，你將不會顧忌遊戲費的多少而無條件參加遊戲，因爲這個遊戲能讓你成爲富翁啊！可是，事實眞的如此嗎？

假如讓你交100萬的遊戲費，你會參加這擁有無限大期待值的遊戲嗎？如果誰讓我交100萬遊戲費，我就抓住他的領口對他說：「你交100萬參加遊戲，我來組織遊戲！」

我們前面看到的故事中沒有隱藏任何錯誤，只是我們看到了理論和現實之間的差異。當然，我們在丟硬幣時，也可能會連續出現20次正面。你想想擲骰子會不會連續20次出現單數，這也不是不可能的事。你交100萬的遊戲費就有可能得到100億元，你不想奮力一搏嗎？

我們通常都很容易相信數字。但是，在上述情況中，與其相信在學校裡學習的計算結果，不如信賴自己的直覺。下面再講一個計算結果和直覺不同的故事，這次，將向你顯示直覺和算術計算之間的差別，結論由你來下。

故事 

交換真的有利嗎？

爺爺把給你和弟弟的壓歲錢裝在兩個信封裡給你們。你所知道的是，其中一個信封中的錢是另一個信封的兩倍，僅此而已，除此以外的訊息你全然不知。你拿了其中一個信封，裡面有1萬元。這時，全然不知信封裡有多少錢的弟弟提議要和你交換信封。是交換有利，還是不換有利呢？

這次也讓我們來計算一下期待值吧。你如果和弟弟交換了信封，你能獲得的期待值是「5000×1/2＋20000×1/2＝12500」

元。起初，你的信封中有1萬元，你如果選擇交換，則你能獲得的期待值爲1萬2千5百元，那當然還是交換更有利了。也就是說，根據機率的算術計算，交換對你是有利的。但是，事實眞是如此嗎？

故事 

彼得・杜拉克的一句話

彼得・杜拉克曾說過這樣一句話：「如果我還沒有開始做現在正在做的事情，我從現在開始做嗎？」

對這個問題的回答如果不是無條件「Yes」的話，那你就要考慮一下是否應該中斷這個計畫了。

我曾經寫過關於「爲什麼」這種疑問形式的文章，我對自己做的事情提出這樣的問題：「爲什麼要做這件事？」「爲什麼要以現在的方法處理這件事？」這樣不僅會引發具有創意的想法，也會成爲發揮強大領導才能的基礎。

與教訓孩子「不要亂扔紙屑」相比，教導他們爲什麼不要「亂扔紙屑」才是父母的眞正責任。與盲目強迫孩子學習相比，耐心告訴他們爲什麼要學習才能發揮你高超的領導才能。

與盲目強迫孩子學習相比，耐心告訴他們為什麼要學習才能發揮你高超的領導才能。

當然「爲什麼」也同樣適用於你自身，試著問一次自己：

「我爲什麼做這件事情？」

我曾收到一個讀者回應，信中指出「爲什麼」這種提問形式在誘發動機的層面上並不是很有效。他告訴我上述彼得・杜拉克的話，我完全同意他的見解。

事實上，「我爲什麼做這件事情？」這個提問的動機誘發性很弱。對現在從事這個工作的人提出「爲什麼要幹這個工作？」的問題，回答「爲了賺錢」、「沒什麼原因」、「只會做這個」，或者「這是我的專業」等的人不計其數，因興趣而從事該項工作的人反而很少。杜拉克建議向所有經營者提出一個問題，這個問題雖然也和「爲什麼」的提問形式有一脈相通之處，但在誘導更單純回答的同時，這個提問似乎更具有動機誘發性。這實際上是對我們所有人都適用的一個問題。

「如果還沒有開始現在正在做的事情（事業），從現在開始做這件事（事業）嗎？」

據說傑克・威爾許（Jack Welch）在書中讀到這個提問方式後，就開始大力整頓奇異（GE）的事業部門。假如，傑克・威爾許讀到的是「經常對自己做的事情問爲什麼，然後再回答」的內容，他還會那麼做嗎？

杜拉克的提問分明比「爲什麼」這種單純的形式更具體、更有感染力。事實上，「爲什麼」的提問似乎不會冷靜地引導我們，「爲什麼做這件事？」的提問只能推動你把這件事做得更好，好像沒有讓你對這件事做冷靜的、基本的評價。彼得・杜拉克的提問能使你從根本上反思自己做的事情。

把杜拉克有效的提問應用到你的生活當中吧！試著問問自己：

「如果我還沒有開始做現在正在做的事情，我從現在開始做嗎？」

你也應該接受杜拉克明智的忠告，就像傑克・威爾許，選擇就意味著拋棄沒有選擇的東西。**在變化的瞬間總是猶豫的原因，是不能拋棄要拋棄的東西。很多時候由於執迷而不能拋棄應該拋棄的東西，反而會使事情變得更糟。這樣，在任何時候都不能得到新的東西**。

杜拉克的提問適用於你生活的各個領域。我認爲有時稍微把這個提問變化一下，使用起來會更有效果。當然，有時即使變化了也不恰當，例如不要問已經結婚的人這樣的問題：「如果還沒和現在的妻子結婚，你會現在就和她結婚嗎？」眞不知道該如何回答這個問題才算恰當。我個人認爲，如果我是一個還未結婚的人，我就一定要這樣問自己：「如果我還沒有和現在的女朋友交往，現在要開始和她交往嗎？」如果對於這個問題的回答不是無條件「Yes」，你就要重新再深刻地考慮一下和她的關係，而且，我認爲應該遵循杜拉克的結論。

我想起在結婚諮詢中有一段印象深刻的對話：

某女子不知該不該和自己新交的男朋友結婚，因而陷入苦悶之中。於是她向卡文・塞爾勒諮詢，她把自己的情況和處境，以及目前的煩惱統統都說了一遍。聽了這個女子近一個小時的煩惱傾訴，卡文・塞爾勒只對她說了一句話：

「如果你還感到煩惱的話，就不要結婚。」

獲得良好人際關係的祕訣

故事 

為老大「賣命」的少年

有一個十九歲的少年，兒時喪父，從小和母親相依爲命。不堪艱難生活折磨的母親突然病倒，並一病不起。爲了給母親治病，少年只有出賣勞力，可是由於年紀太小，每個月賺的錢不到7千元，這些錢還不夠支付母親的醫療費。一天，一個穿著黑色西裝的男子走近他：「這些錢給你做媽媽的醫療費。」這個人給了他7萬元。少年發誓要全心全意效忠這位救了母親性命的男子。

杜拉克說：「『生產性』才是一個對『良好的人際關係』的最恰當定義。」

他認爲，在爲了特殊任務而產生的人際關係中，如果這種關係沒有得到成果，那麼當中即使有任何感情，都是沒有意義的，最終也將成爲互相欺瞞的假面具。如果所有人都得到了成果，創造出富有生產性的結果，那麼即使常常是粗言穢語相對，也不會破壞這種人際關係。

在人際關係中獲得的利益並非只是金錢，可以是錢，也可以是感情、名譽，或者滿足和感動等，這種利益以各種形式存在。

你認爲呢？同意他的話嗎？

我認爲在雙方都有利的時候，才能維持最好的人際關係。人際關係最重要的因素就是利益。這聽起來似乎有些冷漠而沒有人情味，而且一說到人際關係就提及利益，似乎也不符合我們民族精神。但是，我們應該坦率地對待這個問題。

在人際關係中獲得的利益並非只是金錢，可以是錢，也可以是感情、名譽，或者滿足和感動等，這種利益以各種形式存在。即使是那些自己總需要他幫助的人，見了面多少有些厭煩或不自在，但心情總還是好的。還有，很多時候幫助別人會有一種滿足感，這也是生活的幸福。當然，有時和某些人見面，在聊天的時候就能獲得生財之道。不論是哪種形式，要維持良好的人際關係，便要對雙方都有助益，這是維持良好的人際關係的唯一泉源。

假設有兩個分別會令你心情好和心情懷的人，你想和哪一個經常見面啊？當然是想和給你帶來快樂的人常見面了。然而，你又會給對方帶來快樂還是煩惱呢？

想眞正領會獲得良好人際關係的祕訣，就給那些你希望和他維持良好人際關係的人一些利益吧！這就是獲得良好人際關係的結論。你能給予他們什麼？想想你能給予的東西，首先把它奉獻給人們。

把自己想像爲一個保險推銷員，你一定想參加富人們的聚會。

但有誰會邀請不是富人的你參加聚會呢？你是推銷保險的，想藉由這個聚會獲得利益，而他們又能從你這獲得什麼利益呢？如果你想參加富人的聚會，首先便要想想你能給他們什麼，並且要眞的給他們。

男女關係也一樣。誰都喜歡漂亮、苗條、賢淑的女孩，假如你想見這樣的女孩，首先要考慮一下你能給她什麼。如果毫無準備，只是憑自己的性子要求見上一面，女孩也只會裝作沒聽見的；如果繼續糾纏的話，甚至會被告上法庭。如果沒有能夠給她的東西，那從現在就開始準備吧！換言之，能夠送給女孩的東西不一定就只是錢，首先，能給她笑容，也能溫暖她的心靈，不管什麼，為她做準備吧，這是和她交往的唯一方法。

假設你是一個組織的領導，與其強調要成員對組織忠誠，不如首先想想能給予他們什麼。前面我們講了十幾歲的幫派成員，甚至可以把生命獻給組織老大，對他無限忠誠，這是為什麼？因為這個孩子認為老大幫他照顧了他最愛的人，所以他非常感激，認為老大是眞正的恩人。於是，他就反覆叮囑自己要把生命獻給老大，對他忠誠。

如果你是組織的領導，你就要首先想想，能給予你的職員什麼？這就是成功領導的第一步。

公司老闆都希望職員對公司忠誠，但是，在期待職員的忠誠以前，老闆應該給職員利益。當然，公司也發薪水給職員，但是，如果期待職員能創造出超過薪水以上的成果，就要超越單純的金錢層次，努力為職員提供更好的福利。這樣，才能從他們那得到更多。

如果你知道了獲得良好人際關係的第一祕訣是給予對方利益，那麼，現在就發揮你的領導能力吧！如果你是組織的領導，你就要首先想想，能給予你的職員什麼？這就是成功領導的第一步。

對於那些你希望能與其發展良好關係的人，你應該想想你能給予他們什麼，這是良好人際關係的祕訣，它將使你更強大。

羅素悖論

悖論

1. 這個句子是假的。

「這個句子是假的」，一起來判別一下這個句子的眞僞。

假設這個句子是眞的，按照這個句子所說的那樣，這個句子就成了假的。

假設這個句子是假的，那麼和句子中所說的不同，這個句子就成了眞的。眞假輪換。

2. 所有克里特島人都是說謊家。

距今2000年前，古希臘有一位叫埃非麥尼丹斯（Epimenides）的哲學家。雖然他自己是克里特島人，但他卻說：「所有克里特島人都是說謊家。」後人常常討論這句話。

假設他的話是眞話，因爲所有克里特島人都是說謊家，所以他也是說謊家，那麼他的話就是謊話。因此，所有克里特島人就都不是說謊家。

假設他說的是謊話，所有克里特島人就不是說謊家，那麼他也不是說謊家，那他的話就應該是眞話。因此，所有的克里特島人還是說謊家。

他的話既眞又假，既假又眞。

3. A：句子B是假的。

B：句子A是眞的。

假設句子A是眞的，句子B就成了假的，句子A就又成了假的。

假設句子A是假的，句子B就成了眞的，句子A就又成了眞的。

你可以在紙上寫下這樣的話：

正面：背面寫的話是眞話。

背面：正面寫的話是謊話。

4. 我只給不自己刮臉的人刮臉。

塞維亞的理髮師在自己理髮店前這樣寫道：「我只替不自己刮臉的人刮臉」。他雖然對自己寫的這句話很滿意，但是過路的人都會向他問這樣的問題：「那麼誰替您刮臉？」

如果理髮師自己刮臉的話，他就屬於自己刮臉的人。因此，按照他寫在理髮店門前的話，他是不能給他自己刮臉的，也就是說他不能自己刮臉。

如果是別人替理髮師刮臉的話，他就屬於不自己刮臉的人。那麼按照他寫在理髮店門前的話，他應該親自替自己刮臉，也就是說別人是不能替他刮臉的。理髮師到底怎樣刮臉呢？

這是波特蘭・羅素（Bertrand Russell）爲了讓人們更容易理解自己創造的集合而創作的故事。羅素被評價爲二十世紀最具智慧的人物，他是個很有趣的人，既是數學家，又是哲學家，卻又曾經獲頒諾貝爾文學獎。他曾經和愛因斯坦共同起草了有關禁止使用核武的宣言，晚年時更曾訪問過中國。他的經歷可謂豐富多彩。

他在《幸福之路》（*The Conquest of Happiness*）一書中這樣描述他的童年時代：5歲的時候他這樣想過，客觀地看自己的生活，太沒意思，寂寞無聊。人們好像通常都活到75歲，因此，我還要生活14個5年，想到這些，我眞是很鬱悶，感到前途一片黑暗。他對生活的懷疑在20歲時達到了高潮，他覺得生活眞是難以忍受，索然無味到極點，於是，他曾幾次考慮過自殺。他之所以沒有死的原因是因爲「他還想更多地了解數學」。我讀他這段話的時候也正值20歲。那時，我也學習數學，但卻由於貪戀生活的快樂而怠慢了這方面的學習。

下面是羅素創造的集合：

$S = \{x \mid x \notin S\}$

事實上，故事48中介紹的前後不相符的悖論和羅素的集合論有著密切的關聯。這種情況經常會遇到，也可以故意創造許多。

1.「老光棍」：我只和不跟我這種傻瓜結婚的明智女子結婚。

2.「規律」：沒有沒有例外的規律。

3.「牆壁」：禁止亂塗亂畫。

4.「作家的話」：我現在在和讀者說假話。

◎這個老光棍到底怎麼結婚啊？想結婚還是不想結婚？

◎「沒有沒有例外的規律」這種規律的例外是什麼？

◎為什麼在別人的牆上亂塗亂畫這句話？

◎作家現在和讀者說的是假話還是眞話？

這種前後矛盾的句子可以像羅素的集合那樣變成談及自己的問題。在故事48中，除了3號以外的悖論都是藉由談及自己來制造問題。再仔細觀察一下，如果把3號的兩個句子合為一個句子，也可以看作是談及自身的。如果還想創作一些有趣的羅素悖論，就使用「談及自己」的方法吧！

脫離直覺和常識的悖論使我們大吃一驚，有時，這種驚奇會給我們帶來快樂。明明看起來像謊言，再想想也是眞話；明明是眞話，仔細琢磨一番也是假的。有時，到底是眞還是假怎麼也辨別不清。不管怎麼說，悖論還是挺有趣的。

悖論的英文拼寫為paradox，para-取自意為平衡的單詞parallel，這意味著擺脫正統而「走邊路」。規定的路是所有人都能預想到並遵循的路，脫離這種路而走邊路，意味著擺脫常識和已存在的系統。因此，有時就會不自然，甚至變得混亂。可是，正如**只有開拓新的道路，路才能變寬，悖論可以開闊我們的思維，增加我們思考的深度**。在學習的過程中常常遇到的悖論，爲我們打開了進行新研究的地平線。

再介紹幾個悖論，它既是證明人類思維有多麼不完全的證據，同時也是引導人類思維變得更全面的力量。

悖論1　烏鴉

很久很久以前有一個聖人，人們有不懂的問題都去請教他。有一天，國王和鄰國國王就烏鴉的顏色爭論起來，於是他們來找這位聖人。國王請他證明「所有的烏鴉都是黑色的」。聖人經過仔細思考後這樣說：

「所有的烏鴉都是黑的』，可以這樣定義。但如果這樣定義的話，草綠色的烏鴉就不能是烏鴉了，它只能是除了顏色以外完全和烏鴉相同的鳥。因爲，所有的烏鴉都是黑的！」

這時，鄰國國王帶著一隻病變的烏鴉來了。這隻烏鴉得了一種身上的羽毛都會變成草綠色的病。於是，鄰國國王問：

「那麼，這隻因爲患病而變成草綠色的鳥是烏鴉嗎？」

悖論2　獨角獸的角

獨角獸有一隻角還是兩隻角？你當然會說有一隻角。但是，獨角獸是想像中的動物，是不存在的。如何能證明不存在的獨角獸隻有一隻角呢？即使有人說是兩隻角，也沒法證明他是錯誤的。

悖論3　贗品與傑作

有一個富翁，他的興趣是收藏美術作品。有一天，他買了一幅著名畫家「畫得好」先生的作品。富翁想炫耀這幅作品，於是請來很多客人。衆人都對這幅畫讚不絕口，而美術鑑賞家「老花鏡」先生笑著說道：

「這幅畫沒什麼了不起的。這不是『畫得好』先生的作品，是他的弟子『隨便』照著老師的畫臨摹的。這幅畫可能還不及這個畫框值錢。」

失望的富翁胡亂把畫放到了閣樓裡。

幾年後，報紙上刊登了一條驚人的消息。著名畫家「畫得好」先生的傑作都是他的弟子「隨便」畫的。他的作品得到這樣的評價：在老師無聊而陳腐的構思上，將作品昇華爲品味更高的傑作。富翁的畫果眞是徒弟抄襲師傅的不值錢贗品嗎？還是品味更高的傑作？

悖論4　鱷魚與孩子

一隻鱷魚嘴裡叼著一個孩子，向孩子的媽媽提出問題：

「你猜我會不會吃了孩子？如果你猜對了，我就把孩子還給你。」

孩子的媽媽該怎麼回答才能救回孩子呢？

孩子的媽媽應該這樣回答：「你會吃了我的孩子。」鱷魚為了遵守自己的約定是不能吃了孩子的。如果牠打算吃了孩子，孩子的媽媽就猜中了，按照約定鱷魚要把孩子還給她，否則，鱷魚就違背了最初的約定。因此，鱷魚只有放了孩子。

悖論5　山草審判官

塞萬提斯（Cervantes）的小說《唐吉訶德》（*Don Quixote*）中講述了這樣一個故事：

有一個國家實行一種很奇怪的法律：如果守衛國境的士兵抓到從別的國家來的人，就要詢問他：「到這裡來做什麼？」如果坦白說眞話就沒事，但是如果說假話，就要處以絞首刑罰。有一天，一個男子越過國境，他對士兵說：「我是來受絞首刑的。」一時驚慌不知所措的士兵只好把他帶到國王那裡。認眞思考了很久的國王最終做出以下判決：「我下任何判決都會和法律牴觸。還是寬大處理，把這個男子放了吧。」

在這個故事中，國王所處的處境和悖論4中鱷魚所處的處境完全相同。男子和媽媽的回答都使國王和鱷魚如果想不違背自己的法律或約定，就不能實行法律或約定。

癡迷的真正原因

49 故事

神祕女子莎樂美

俄羅斯出身的莎樂美21歲時來到瑞士，並在那裡遇到了38歲的哲學家尼采和33歲的鮑威爾・雷。兩個哲學家都愛上了莎樂美。但是莎樂美選擇了雷，並和他同居了。尼采陷入了萬念俱滅的痛苦之中，長期不能自拔。然而，雷在不久後也被莎樂美拋棄，跳崖自殺了。

莎樂美26歲時和柏林文獻學家安德里亞斯教授在友情的前提下結了婚。28歲時她又和劇作家哈烏福特曼戀愛。到了36歲，她遇到了22歲的文學青年里爾克，他們一起到俄羅斯旅行，並雙雙墜入愛河。里爾克對莎樂美的愛幾乎傾注了他整個靈魂，然而，莎樂美卻再也不能承受里爾克迷惑的靈魂。之後，莎樂美在國際精神分析學會威瑪會議上遇到了佛洛伊德，並和他發展出曖昧關係。她在研究精神分析學的過程中，又和佛洛伊德的學生塔烏斯科很快投入熱戀之中。其後，塔烏斯科在莎樂美一離開自己後就自殺了。

莎樂美代表了一個時代的天才們同時喜愛的女人。我對曾經被這麼多男人迷戀過的神祕女子莎樂美很好奇。她到底是一個什麼樣的女人，風靡一個時代的天才們居然都拜倒在她的石榴裙下？

很漂亮嗎？但這世上漂亮的女人太多了。僅僅漂亮是不足以說明問題的。是她的聰慧吸引了人們？可是這世上聰明的女人也不少啊！難道當時沒有聰明的女人？任何理由好像都無法充分說明問題。不管怎麼說，有那麼多天才不惜以自己的生命去愛她，有幾個人甚至用自殺上演了悲劇的結局。

我相信「20／80法則」也適用於男女關係。20%的女人獨占80%男人的愛，當然我也相信，80%的女人喜歡20%的男人也是事實。然而，這裡有一點值得我們注意：我們常常對別人喜歡的東西給予更多的關心。換句話說，對於被別的男人愛著的女人，即使並不是我喜歡的類型，卻會產生一種想挑戰的心理。當然，如果她和這個男人深深相愛的話，可能我們也不會輕易行動。可是，我們現在根本不知道這個女人的心理。如果說很多男人爲她付出生命，我也會不知不覺地喜歡上她。對我來說，即使看上去不是很漂亮的女人，但如果聽到朋友們說：「呀，這個女人眞漂亮啊，能不能和她一起吃頓飯啊？」我也會覺得她眞的很漂亮。當然，女人看男人的心理也一樣。

愛上莎樂美的男子都是不幸的，但他們對她都是那麼執著。這個女人讓他們那麼迷戀，她的最大魅力會不會就在於其他優秀男人對她的癡迷呢？

因爲別的優秀男人喜歡，所以我也不知不覺地喜歡。我們姑且把這叫作「莎樂美魅力」。和愛上莎樂美的天才們一樣，我們都很容易陷入「莎樂美魅力」。有的公司利用人們這種心理，給自己公司的產品附加了「莎樂美魅力」，即是利用貴族市場營銷手段。藉由願意支付高昂的價格而選擇更高質量的「VIP顧客」，樹立「名牌」形象，宣揚這是名人選用的產品。

與自己眞正喜歡的事物相比，人們更容易執著於具有「莎樂美魅力」的事物。即使自己的夢想和願望在另一個地方，爲了考上人們都說好的一流大學徹夜苦讀。此外，還會爲了要成爲別人都尊崇的律師和醫生，或到別人都想進的大企業工作而受苦受累。

但是，我們不能說追求「莎樂美魅力」是爲了獲得眞正的幸福，正如愛上莎樂美的天才都過著痛苦而不幸的生活。**要以自己的標準去尋找和自己相伴終生的愛人，要以自己的標準去選擇自己眞正喜歡、並願意爲之付出熱情而努力奮鬥的事業，因爲那裡才有你眞正的幸福**。

我現在正走向哪裡？

故事50

諾貝爾之死

1884年4月，一份法國報章刊載了這樣的消息：

「製造達那炸藥炸彈，使很多人喪命的商人諾貝爾（Nobel）死亡。」

事實上，諾貝爾並沒有死。新聞上的消息是誤報，記者由於疏忽，錯把死亡的諾貝爾親兄弟當成了諾貝爾，所以才有上面的錯誤報導。

但是，諾貝爾看到這條消息後著實受到很大的打擊。他一直認爲自己是成功的，也賺了很多錢，但想不到卻被評價爲「死亡的商人」。此後，他始終不能擺脫因爲自己而造成很多人死亡的想法，在極度痛苦中苦苦掙扎的諾貝爾，最終傾其全部財產創立了諾貝爾獎。

不久前，從電視上看到一個以「就業大混亂」爲題材的節目。內容是一些年輕人雖然在托福考試中取得900分以上的成績，並且擁有好幾個資格證書，可是由於工作經驗不足一年，因而在面試中都是一籌莫展。節目中認爲，雖然今時今日在100名高中畢業生中有70多名都能成爲大學生，然而，學歷提高反而造成了青年大量失業。

我有一種憂慮。不管是接受面試的大學生，還是在大學裡做就業諮詢的教授，抑或是企業的人事部門負責人，他們所關心的問題只有一個，就是「要想在好的公司任職，應該具備怎樣的資格條件？」自己想做某件事情，或者因爲這是我的夢想，所以我才做這件事的情況幾乎沒有，他們一致把焦點放在企業評價人才的一般標準上。

評價有相對評價和絕對評價。絕對評價是以能否達到一定的標準作爲評判成功與失敗的判斷標準。只要達到了一定的標準，任何人都是「成功人士」。而且，那個標準是由自己訂定的。

至於相對評價則是「排隊」。由於不知道如何測定，但要把我得的分數和別人做比較，所以，即使得了99分也不能高興得太早，因爲僅憑自己的分數仍無法知道自己在「隊伍」中的位置。因此，要看看周圍人的臉色。看到不如我的人就會安心地喘口氣，而看到比自己分數高的人就會焦慮不堪。因爲在長長的隊伍中，只有站在最前面的位置才能成爲「成功人士」。

生活不能按照自己的人生計畫進行，只是看著別人的眼光而疲於奔命，這不是太令人虛脫了嗎？

在意別人的眼睛，要在別人面前好好表現的想法，是重視相對評價的人們行動的方式。我個人認為，與別人要求的一般評價標準相比，我對自己要求的標準更重要。當然，我也不是無視相對評價，畢竟，我們的生活和自己所感到的幸福，很多時候也是相對的。

例如，某人經過10年的努力，購置一間30坪的房子後，心情很愉快，但若看到朋友不費力氣就購置了40坪的房子，他的「幸福指數」便會急劇下降。這是人之常情，大部分人都這樣，差別只是表達與否而已。

但是，極端地按照相對評價來擺布人生，也絕不是件愉快的事。在別人都羨慕的公司上班；為了在別人面前好好表現而工作、升職……這種在乎別人眼光的行動從兒時起就束縛於身，要和媽媽朋友的孩子比較；為了在學校裡取得前幾名而去上補習班，接受課外輔導；如果考不上最好的大學，就要參加插班考試；要進大企業工作、還要為準備就業考試而學習……

生活不能按照自己的人生計畫進行，只是看著別人的眼光而疲於奔命，這不是太令人虛脫了嗎？你認為如何呢？

通常，越是好勝心強、不願輸給別人的、內向的人，對相對評價就越敏感。相反，重視自己想法的、外向的、更懂得享受人生的人，則更在意絕對評價。你屬於哪邊呢？

事實上，任何人都是既相對又絕對地看待問題，差別只是較偏向哪一種而已。現在，回過頭來看看你的生活。你想達到的目標和你想走的路，當眞是爲了你自己的幸福？還是礙於別人的面子？如果這兩者恰當地混合一下，應該按照怎樣的比例混合呢？

不要追求面子和威信，在得到別人認可的同時，做自己理想中的自己。

故事50中，諾貝爾按照自己的評價標準算是過著成功的生活；可是，按照別人的標準，則得到「死亡的商人」這一悲慘的評價。得到如此完全相反評價的諾貝爾默默地接受了別人的批判，最終轉變了自己的生活，獲得了所有人眼中「成功人生」的評價。

盲目堅守著自己的評價標準，而對別人的評論置若罔聞，錯誤地認爲自己成功是不對的；但是，時刻盯著別人的眼光而生活，即使站在「隊伍」的最前面，好像也不是幸福的。

我認爲絕對評價和相對評價都是重要的。除非兩方面不能共存，否則最理想的是，兩者都做考慮。不要追求面子和威信，在得到別人認可的同時，做自己理想中的自己。

金達萊花

當你厭倦了我

離我而去

我將心懷虔敬默默地送你遠走

寧邊藥山上的

金達萊

我將採來一束撒落在你的路途中

讓你離開的每一步

都輕柔地踏著

我為你採來的金達萊

當你厭倦了我

離開我

我將用心忍住眼淚

——金素月

不久前去了一次泰國。不喜歡旅遊的我，只是跟著導遊的介紹到處走走。我留心觀察了一下泰國人的臉。乍一看，泰國的社會有些像韓國1970年代的生活狀況：破舊、粗陋。導遊說泰國的貧富差距很懸殊，世界50大富豪中，就有10位是泰國人，看看街上的車，賓士和寶馬占30%。但在泰國只有少數人擁有大量財富，大多數人依然過著艱難困苦的生活。

在貧富不均中，總是讓人擔心貧困的人們會感受到相對的壓迫感和無助感。然而，在當地生活了13年的導遊卻說，泰國人沒有這種感覺。他們對於自己不能擁有的東西沒有什麼怨言，只是按照出生時的狀態生活。他們並不想努力去獲得更多，也不爲過更好的生活而拚搏。這種樂觀的想法使富者更富有，貧困的人們則繼續停留在貧困的狀態，而這種樂觀生活的根源在於人們篤信「來世」的信仰。

導遊解釋說，泰國是佛教國家，與現時自己所處的生活環境相比，人們更關心來世是否能生於一個好的環境，而篤信來世的宗教價值觀一直支配著他們的生活。泰國之行使我再一次深深感到，一個人的思想對他生活的影響是何等之大。

我17歲的時候，在學校讀了金素月先生的《金達萊花》。老師說「韓國人的情感是恨」，在這樣肯定地給出定義後，老師又對這種幽怨的情感展開了說明。這種情感吸引著我。那時，我會對悲劇的愛情感到一種無盡的美，悲傷的情歌每天都聽。20多歲時的我似乎陷入了這種「恨」的情感。我想起那時還故意用略帶沙啞的聲音，憂鬱地唱著金顯植的〈我的愛在我身邊〉。後來，我讀一了本由哈佛大學心理學教授寫的書，當中比較及分析了世界各國傳統童話，使我從這種憂鬱的幽怨情緒中醒悟過來。

該書藉由對幾個國家童話的分析，說明這個童話對該民族情感的形成以及人民的生活帶來了怎樣的影響。例如印度的傳統童話表達了「空手而來，空手而去」的哲學內容，而印度人也的確是不太在意現在的生活，而追求來世。

書中也分析了韓國的傳統童話，其基本內容就是「勸善懲惡」。做善良的事，上天會知道並降福給你；我想得到什麼，不用努力，天上會降福下來。有人指出，這種民族情感容易造成「一次主義」。

美國的童話中有一篇〈叫做星條旗的男子漢〉。講述一個少年爲了照顧媽媽和弟弟，而想當一名船員，可是由於他年齡太小，人們拒絕他做船員。但是，這個少年並沒有放棄，他踏踏實實地從打掃、打雜等小事做起，最後終於實現了自己的船員夢，後來更成爲了船長。這個童話蘊含著靠自己的力量克服困難、堂堂正正取得成功的教訓。當然，這些都是美國人的分析，但卻暗示了正是這些聽這種童話成長的美國人，創造了這個世界強國的事實。

現在支配你的是什麼樣的思想？你有必要客觀地審視一下自

己。當然，這是件困難的事，但你的思想支配著你的生活。

現在形成你生活根基的是怎樣的思想？

不要去找正確的答案，要去創造

時調（注）

曾經也養過幾次狗，卻沒有像這條狗這麼討厭的。

醜男人來了，就搖著尾巴蹦蹦跳跳高興地迎接，

美男子來了，就後腿亂蹬，張牙舞爪，汪汪亂叫趕人家走。

是不是以為我們餵你的一碗一碗的飯都是餿的啊。

——作者不詳，收錄在《青丘永言》中的世說時調

這篇作品以詼諧的手法表現了等待愛夫的焦慮心情。時調中的話者抱怨自己養的狗見到醜男人就高興地迎接，見到美男子就叫著趕人家走。實際上狗是不會那樣的，這是話者不直接埋怨久候不至的夫君，而將這種埋怨之情轉移到無罪的狗身上。這種庶民的自然詼諧使讀者忍俊不禁。詩中描寫狗兒驅趕男人的部分非常逼真，增加了該詩的真實感，也是這首歌最吸引人的地方。

大學時，我幫一個非常文靜的女學生補習數學。一天，她們進行模擬考試，我替她解決了數學問題都解決後，由於還有時間，便又幫她看看其他科目的問題。在看國語試題時，我看到了故事

52中的時調。「你懂這首時調嗎？我給你解釋一下吧。」我想，作爲數學老師的，我如果給她講解了時調，那她對我的信賴程度不就更高了嗎？我覺得很有趣，同時也是爲自己累積本錢，就開始講解這首時調。

「這首時調的作者是個女的，但是這個女子有兩個夫君。一個是美男子，一個是醜八怪。時調中出現的狗是個什麼樣的存在？狗是很忠誠的動物，而且是很認主人的。究竟狗高興迎接的醜八怪是誰啊？就是主人，女子的丈夫。那麼，狗如此警戒的美男子又是誰？小偷？你見過和小偷相愛的女子嗎？狗警戒的這個經常來找女子的美男子到底是誰呢？」

我只是當作一個趣事講講，可是那女生的臉漸漸紅了起來，那天的課就在這故事中結束了。不久後，那女生也停止了補習。高中畢業到現在已經很久了，可是這件事卻令我至今仍對這首時調記憶猶新。

韓國的教育現狀不容樂觀，學生只是死背數學公式，看完了文學作品，不是整理自己的見解，而是無條件背誦教科書和參考書上的解釋。這樣無條件死背、不思考的學生，長大以後不就只會按照死背的公式尋找生活的意義嗎？

只背誦正確答案的學習，反而引導我們走向錯誤的道路，只會在競賽中失去更多東西。

常常遇到這樣的問題：「在學校裡學的數學到底對人生有什麼

用啊？」提出這種問題的原因是，在學校只是學到了正確答案，但很多學生根本沒有用心思考過解決問題的方法。他們感覺不到理解有關原理的必要性，也不考慮應該使用怎樣的原理，只是背誦得出正確答案的公式。

獨立思考，在高考這種人生最重要的競賽中，成爲浪費時間的行爲。與自己思考、探索相比，不如多背誦公式。且不說國文和英文，所有科目都是這樣：單純背誦很多東西，快速接受別人的想法。整理自己的想法就會浪費時間，就會在重要的競賽中落後。

只知道背誦公式的學生，在投身社會後也只會尋找正確答案。藉由讀書吸收別人的經驗是必需的事，但是，你必須記住這樣的事實：在書中或別人的經驗中，應該學習的不是正確答案，而是得出正確答案的方法。教科書上的知識都是過去的知識，但是，我的行動是面向未來的。如果社會根本沒有變化，也許過去的知識可以直接應用於未來的行動中。然而，現代社會正如你所感受的那樣，正在以飛快的速度變化。

對於第一次走的路，我們可能由於害怕而借助地圖，但是，沒有人去過的地方是沒有地圖的。

曾經是正確答案的東西，到今日已非昔比的情況太多了。只背誦正確答案的學習，反而引導我們走向錯誤的道路，只會在競賽中失去更多東西。藉由讀書和汲取別人的經驗，我們應該學習的是獲得正確答案的方法、當中的基本原理、爲什麼在衆多原理中選擇了這個，及怎麼應用這原理並得出正確答案等，這些才是我們應該學習的東西。

只有這樣，學習才能成爲對你有意義的力量。

聆聽一個人的成功之道，你應該仔細留意的是他的基本想法和當時的情況，而不是他的行動。因爲成功人士學習，我也去學習；因爲他辦企業，我也辦企業；因爲他投資房地產，我也投資房地產；因爲他買股票，我也買股票等，這種片面的模仿行動時對自己沒有幫助。與此相比，更要理解的是，當他採取這種行動時的情況和思想。

要模仿成功人士，就試著先提出這樣的問題：

1. 他基於怎樣的想法採取了這樣的行動？

2. 他曾經使用的方法現在仍然有效嗎？

3. 他的方法適用於我的情況嗎？

如果你能對這些問題回答出肯定的答案，才可以借用他的方法。不過，使用的方法仍是要根據自己的情況而重新制定。

我們太過依賴公式了，只希望誰能替我們帶來正確答案。近年來，「×××技術」、「成功人士的×××規律」等，這種以提出某些公式爲包裝的書也十分暢銷。然而，**世上沒有絕對的公式。我們不應該去尋找正確答案，而是應該去創造正確答案。自己的人生應該由自己去開拓一條其他人未走過的道路**。對於第一次走的路，我們可能由於害怕而借助地圖，但是，沒有人去過的地方是沒有地圖的。

如果有人想買通向那個地方的地圖，你會賣嗎？

注：「時調」是一種最通俗、富彈性，且易於記憶的韓語詩歌形式。

後記

故事

金錢和幸福

在一個小山村裡，有一個孝順父母、忠厚老實的青年。他全心全意照顧年老患病的母親，從不和朋友打架，也不辱罵別人，是一個非常善良的青年。山神被這個善良的青年所感動，想降福給他，於是便出現在他的夢中。

「善良的青年啊，天亮之前去村邊的小溪取一些卵石回來，能取多少就取多少。你將同時感受到快樂和悲傷的滋味。」

他感到夢中山神的話非此尋常。於是他從夢中醒來，並跑到小溪邊，按照山神的話開始撿卵石。

「我該帶多少回去呢？」

青年隨手撿了一塊回家後，又接著睡著了。

第二天早上，他一睜眼便大吃一驚，昨晚帶回來的石頭居然變成了黃金。青年太高興了，是不是還在作夢啊？他掐了掐自己的臉，並呆坐了好久。然而，高興卻很短暫，突然，一陣強烈的遺憾向他襲來。

「要是再多撿些回來該多好啊！」

遺憾漸漸變成了悲傷。

這個故事說到了我們的貪婪。意外的幸運在帶來高興的瞬間，爲什麼又感到了悲傷？就是因爲貪婪。

那麼，貪婪是什麼呢？有人說應該拋棄貪婪，但亦有人強調說要有貪婪之心。貪婪是好的還是壞的？我認爲我們應該適當地貪婪，因爲貪婪有促進自己發展的一面；但同時，正如佛家所說，貪婪卻又是所有悲傷和痛苦的根源。你又是怎樣看待貪婪的呢？

我經常使用一種思維方法：PMI（Plus, Minus, Interesting），即考慮問題時，要考慮這個問題的肯定部分、否定部分和有趣的部分這三個要素。在思維混亂的時候，考慮這三個要素是很有效的。將這三方面的因素按照次序反覆琢磨，將更有效果。不對任何一方持有偏見，這會是一個幫助自己的有效方法。

下面，我們用PMI方法分析一下貪婪：

——Plus：貪婪促進發展，如果沒有貪婪終將落後。貪婪是成功的起點。

——Minus：貪婪是所有紛爭和罪惡的根源，貪婪帶來悲傷和痛苦。

——Interesting：人們有這樣的傾向；認爲自己的貪婪都是正面的，而別人的貪婪都是負面的。

用你的PMI分析一下貪婪吧，它將成爲整理你思維的有效方法。

現在想想快樂和悲傷。哪有討厭高興、快樂而希望悲傷的人？

誰都只希望有快樂和高興的事，那麼，你給快樂和悲傷下個定義吧！應該怎樣給快樂和悲傷定義呢？誰都可以按照自己的想法給出定義，這次我們使用對整理思維有幫助的有效提問。在整理模糊的思維時，應該提出更有效的問題。

「我感受到的是相對的開心和悲傷？還是絕對的開心和悲傷？」

問自己感受到的快樂和悲傷是否是相對的，這聽起來似乎有些奇怪。但是，個人感受到的快樂和悲傷，在與周圍的情況或別人比較時，其程度是不同的。和朋友一起在考試中不及格，與只有我自己不及格時所感受到的悲傷程度是相對不同的。還有，在2比1的錄取率下考入公司，和在100比1的錄取率下考入公司，所感到的快樂程度也是不同的。住在租來的房子裡，生活沒什麼不方便，並按照自己的意願踏踏實實地實行自己的置產計畫，這也挺讓人滿足的了；可是，當聽到朋友比自己先買房的消息時，就會感到傷心和難受，這也是人之常情。

藉由有效的工具和提問的方式，整理一下自己對於金錢和富人的想法吧！有必要開誠布公地考慮一下，自己對金錢的貪婪和對成爲富人的欲望，到底是一種怎樣的狀態。整理一下你的想法，然後自己做選擇，是選擇少數人的道路，即挑戰富人的夢想呢？還是站在多數人的一邊，走安定生活的道路？

要成爲富人，並不一定需要1千萬元，你理想中的富人的模樣由你自己勾畫。如果你達到了自己希望的目標，我認爲你就已經實現了成爲有錢人的夢想。自己選擇，然後按照自己選擇的道路前進，在那裡有你的幸福。

不要忘記，我們之所以要站在少數人那一邊、挑戰成爲富人的夢想，是因爲我們想藉由這個過程尋找幸福！

現代職場必備的創意思考
領導者不能不知道的PMI

改變想法就能改變命運

突破規範的思維改造祕笈

打破常規的52個故事
教你如何掌握命運

韓國　國家創意顧問
朴鍾夏 著

誰說命運無法改變！

你的想法決定你的行動，你的行動決定你的命運。而人的想法，是可以改變的！本書藉由52個打破常規的小故事，教你如何跳脫傳統框架、展現創意思維，讓你在生活、職場上無往不利！

$ 260

深 耕 文 學 與 生 活

劃撥帳號：19000691　成陽出版股份有限公司　掛號另加20元
本書目所列定價如與版權頁有異，以各書版權頁定價為準

世界文學

	書名	作者	定價
1.	羅亭	屠格涅夫著	69元
2.	悲慘世界	雨果著	69元
3.	野性的呼喚	傑克・倫敦著	69元
4.	地下室手記	杜斯妥也夫斯基著	69元
5.	少年維特的煩惱	歌德著	69元
6.	黑暗之心	康拉德著	69元

POINT

	書名	作者	定價
1.	海洋遊俠──台灣尾的鯨豚	廖鴻基著	240元
2.	追巴黎的女人	蔡淑玲著	200元
3.	52個星期天	黃明堅著	220元
4.	娶太太，還是韓國人為好！?	日・篠原 令著／李芳譯	200元
5.	向某些自己道別	陳樂融著	220元
6.	從麻將桌到柏克萊	王莉民、劉無雙合著	200元
7.	星雲與你談心	星雲口述／鄭羽書筆記	220元
8.	漂島	廖鴻基著	240元
9.	那多三國事件簿之桃園三結義	那　多著	180元
10.	那多三國事件簿之曹操登場	那　多著	180元
11.	台媽在上海	譚玉芝著	200元
12.	老中老美大不同	趙海霞著	220元

幸福世界

	書名	作者	定價
1.	蜜蜜甜心派（1）──幸福的好滋味	韓・李美愛文／曲慧敏譯	260元
2.	蜜蜜甜心派（2）──幸福的好滋味	韓・朴仁植策畫／曲慧敏譯	260元
3.	蜜蜜甜心派（3）──幸福的好滋味	韓・朴仁植策畫／曲慧敏、黃蘭琇譯	260元
4.	蜜蜜甜心派（4）──幸福的好滋味	韓・朴仁植策畫／黃蘭琇譯	260元
5.	蜜蜜甜心派（5）──幸福的好滋味	韓・朴仁植策畫／黃蘭琇譯	260元
6.	五歲的心願	丁埰琫原著／丁利泰改寫	199元

People

1.	總裁業務員	黃志明著	260元
2.	只怕陳文茜	陳文茜著	280元

Smart

1.	一男一男	孫　哲著	160元
2.	只愛陌生人	陳　雪著	199元
3.	心的二分之一	曾　煒著	249元
4.	無性別界面	Arni　著	160元
5.	空城	菊開那夜著	200元
6.	這樣愛	楊南倩著	220元
7.	菌類愛情	孫　哲著	160元

冠軍

1.	求職總冠軍	潘恆旭著	200元
2.	肥豬變帥哥	阿　尼著	180元
3.	春去春又回──楊佩佩的戲劇人生	林美璱著	200元
4.	打電動玩英文	朱學恆著	199元

Canon

1.	李登輝執政告白實錄	鄒景雯採訪記錄	399元
2.	浮出──尹清楓案為何剪不斷理還亂	涂鄭春菊著	260元
3.	搶救國庫──你應該知道政府怎麼用	張啓楷著	300元
4.	教改錯在哪裡？──我的陽謀	黃光國著	200元
5.	六十七個笑聲	王世勛著	230元
6.	公僕報告	向陽、呂東熹、黃旭初著	220元

Magic

1.	美食大國民（1）	八大電視台「美食大國民」製作群策畫	199元
2.	美食大國民（2）	八大電視台「美食大國民」製作群策畫	199元
3.	美食大國民（3）	八大電視台「美食大國民」製作群策畫	199元
4.	喝自己釀的酒（水果酒）	王莉民著	180元
5.	喝自己釀的酒（糧酒、養生酒、年節酒）	王莉民著	180元
6.	喝自己釀的酒（壯陽酒、美容香花酒）	王莉民著	180元
7.	浴身──藥浴藥枕DIY	王莉民著	220元

INK PUBLISHING | 經商社匯 10

財富智商——改變想法你也可以是富翁

作　　者　朴鍾夏
總 編 輯　初安民
責任編輯　陳思妤
美術編輯　許秋山
校　　對　呂佳真　陳思妤

發 行 人　張書銘
出　　版　INK印刻出版有限公司
台北縣中和市中正路800號13樓之3
電話：02-22281626
傳真：02-22281598
e-mail:ink.book@msa.hinet.net
法律顧問　漢全國際法律事務所
林春金律師

總 經 銷　成陽出版股份有限公司
訂購電話：03-3589000
訂購傳真：03-3581688
http://www.sudu.cc
郵政劃撥　19000691 成陽出版股份有限公司
印　　刷　海王印刷事業股份有限公司

出版日期　2005 年 1 月 初版
ISBN 986-7420-47-0
定價　280元

國家圖書館出版品預行編目資料

財富智商——改變想法你也可以是富翁／
朴鍾夏 著.－－初版，－－臺北縣中和市：INK印刻，
2005〔民94〕面；　公分（經商社匯：10）

ISBN 986-7420-47-0（平裝）
1. 財富一通俗作品

191　　93025007

K INK INK INK INK INK INK IN
INK INK INK INK INK INK INK
K INK INK INK INK INK INK IN
INK INK INK INK INK INK INK
K INK INK INK INK INK INK IN
INK INK INK INK INK INK INK
K INK INK INK INK INK INK IN
INK INK INK INK INK INK INK
K INK INK INK INK INK INK IN
INK INK INK INK INK INK INK
K INK INK INK INK INK INK IN
INK INK INK INK INK INK INK
K INK INK INK INK INK INK IN
INK INK INK INK INK INK INK
K INK INK INK INK INK INK IN
INK INK INK INK INK INK INK
K INK INK INK INK INK INK IN
INK INK INK INK INK INK INK
K INK INK INK INK INK INK IN
INK INK INK INK INK INK INK
K INK INK INK INK INK INK IN
INK INK INK INK INK INK INK
K INK INK INK INK INK INK IN
INK INK INK INK INK INK INK
K INK INK INK INK INK INK IN
INK INK INK INK INK INK INK
K INK INK INK INK INK INK IN